사람꽃 연화

사람꽃 연화

이보라 장편소설

문학나무

| 차례 |

이와 같이 나는 들었다

여如

시是

아我

문聞

바람이 되었습니다 당신은
저 하늘 구름을 붙잡고 흘러가다가
이 바다 파도를 타고 밀려옵니다
아무에게 잊히어 누구에겐 그리울
우주의 시간과 공간 속으로,
당신은 세상의 온갖 것에 스치웁니다.

바람 속에 멎습니다 나는
수천 년을 살며 수천 곳을 누비다가

마음 한 줌 꽃씨로
허공에 뿌리면,
별이 되고 달이 되어 나는
세상의 꽃을 헤아립니다.

내 마음 밭에 지지 않는 당신, 디아나.

사람꽃 연화

대마도 馬神파 이보라

옛날 옛날에, 아니 그렇게 너무 옛날은 아닌 시대에 이웃나라 옹주가 조그만 섬의 백작에게 시집을 왔다. 진짜 옛날이었다면 있을 수 없는 일이었다. 공주 과에 속하는 옹주는 어쨌든 이웃나라 왕자쯤은 만나야 한다. 그리고 비록 시련을 겪을지언정 종국엔 행복하게 잘 살아간다. 이것이 일반적인 옛날이야기의 정석이다.

지금부터 내가 하려는 이야기는 옛날과 지금 사이에 놓여 있는 다리 같은 시대의 것이다. 마치 한국과 일본이라는 두 나라 사이에 징검다리처럼 조그만 섬 쓰시마가 존재해 왔듯이 말이다. 그러니까 이것은 망망대해에 주검처럼 떠다니는 이야기일 수 있고 상당 부분 파도가 삼켜버린 사연일 수 있다.

나는 다케유키 백작의 딸 '마쓰에'와 덕혜 옹주의 딸
'정혜'라는 두 이름으로 쓰시마에서 열 두해를 더 살았다.

1
오랜 시간 나는 죽어왔다

　어느덧 스물네 살이 되었다. 나는 이제 그만 살고 싶
다. 유서에 마침표를 찍었다. 가죽신을 찾아 신고 문고
리를 잡았다. 그 순간 아버지가 "마쓰에……." 라고 중
얼거렸다. 딱 한 번 그랬을 뿐, 정작 눈이 마주치자 그
는 재촉이라도 하듯 고개를 끄덕였다. 나는 현관문을
열며 아픈 어머니를 잠시 떠올렸다.

　아버지는 전쟁보다 더 큰 난리 같은 자신의 삶에 지
속적이고 탄탄한 평화를 유지하고 싶어 했다. 그래서
그녀와의 운명과는 이별해버렸다. 두 남녀의 관계는 부

부에서 남남으로 변해버린 상태이며, 우리 섬으로 시집 오는 날부터 줄곧 우울했던 내 어머니가 지금은 병원에서 요양 중이라는 사실을 나는 곧 상기했다.

어머니가 치료 받고 있는 곳은 이 조그만 섬에서 가장 큰 병원이었지만 수많은 방들로 이루어져 있어, 마치 벌집 같아 보였다. 딱 한 번 아버지의 팔을 잡고 어머니를 찾아갔을 때, 그녀는 나를 보자마자 내 딸 정혜야 하고 부르며 미소 지었을 뿐 별다른 말이 없었다.

어머니, 제가 생각하기엔 무장武裝한 바보들이 살고 있는 이 세상이 정신병원 같아요. 그녀를 향해 나는 그렇게 외치고 싶었지만 울음도 따라 터질 것 같아 말을 삼켜버렸다. 어머니가 혼자 지내고 있는 작은 방은 탐욕스런 인간에게 꿀을 모조리 빼앗긴 벌집 한 구석처럼 어둡고 축축했다. 그곳에서 그녀는 지금도 여전히 우울할 것이다.

나는 별 미련 없이 한쪽 손을 호주머니에 찔러 넣고 다른 쪽 손으로 작은 가방을 든 모습으로 천천히 돌계단을 걸어 내려왔다. 주머니 속의 한쪽 손바닥에는 강하구의 조약돌같이 매끄러운 것을 꼭 쥐고 있었다. 모든 둥근 것은 모난 기억을 갖고 있다고 하지만, 투명한

광택으로 빛나는 이 옥석에는 모났던 시절이 없을 것만 같았다. 내 어머니가 아기씨였을 때 치마끈에 달고 다녔었다는 이 비취노리개를 잊지 않고 챙겨 나온 것은 다행이었다. 십여 년 전에 이것을 내 손에 처음 쥐어주며 그녀는 노래하듯 웅얼거렸다. 정혜야, 나의 귀여운 아기씨야. 부디 너는 노리개를 빼앗기지 말거라, 아무데고 엄마를 잃어버리지도 말아라.

그러니까 이 비취노리개는 내 어머니가 바다 건너 이웃나라에서 조그만 우리 섬으로 시집오며 누군가에게 빼앗기거나 어디선가 잃어버린 추억의 대용품 같은 것이었다. 나는 이것을 딱 한 번 다른 이에게 맡겼던 적이 있었다. 그가 빼앗기거나 잃어버리기 싫은 것을 지키려다가 죽은 사람의 손자이기 때문이었다. 그는 나와 약속했던 대로 비취노리개와 함께 쓰시마 섬으로 돌아오긴 했고, 따라서 이 옥석도 다시 내게로 돌아왔다. 하지만 나는 영영 그를 누군가에게 빼앗겼거나 어딘가에 잃어버린 것 같으니까, 이 비취노리개는 나에게 그를 대신하는 물건도 되어버렸다.

이제 자살하러 산으로 간다고 적은 유서의 내용과는 달리, 나는 시내 한복판을 가로지르며 바닷가를 향해 발걸음을 재촉했다. 이즈하라 항에 닿으면, 아버지가 미리 마련해둔 어머니나라로 가는 배가 나를 기다리고 있을 거라 들었다. 새벽이었지만 누구라도 마주칠까 두려운 순간이었다. 유서 내용대로 죽기 위해 산으로 가고 있는 것도 아닌데, 남의 눈을 피하며 숨을 죽이고 걷는 동안 나는 점점 죽음 가까이 다가서는 것만 같았다.

마침내 하치만구신사 앞을 지날 때 나는 눈을 감아버렸다. 내 아버지 다케유키 백작의 증조할아버지의 할아버지와 함께 그곳에 계신 진구 황후神功皇后는 그야말로 까마득한 전설 속의 여인이지만 우리 고모할머니를 비롯한 섬사람들에게는 내내 살아있는 인물이었다. 오진 천황應神天皇을 임신한 몸으로 이웃나라를 정벌하고 돌아가다가 쓰시마 섬에 들렀다는 그녀가, 지금 막 하치만구 신사 밖으로 걸어 나오며 내게 이렇게 캐물을 것 같았다.

마쓰에, 동이 트기도 전에 부지런히 어딜 가는 길이지? 그럼 나는 바닷가로 산책을 가는 중이라고 둘러댈 테다. 바다는 우리 섬의 정원이니까. 진구 황후는 석연치 않아하며 덧붙일 거다. 마쓰에, 너는 한 번도 머리 숙여 나를 제대로 모신 적이 없다. 충직한 네 고모할머

니의 손을 번번이 뿌리치고 하치만구 너머 슈젠지修善寺
로 달아난 걸 내가 모를 줄 아느냐? 네 어머니 덕혜 옹
주 때문이겠지.

그래도 나는 바닷가로 산책을 가는 중이라고 우길 수
있다. 바다는 내 어머니의 고향으로 가는 길목이기도
하니까. 마침내 귀신같은 진구 황후가 노여워하며 내게
뱉을 수 있는 소리가 있다. 아니지 마쓰에! 사내지만
이웃나라 비구인 최성직 때문이구나. 어리석은 것 같으
니라고! 그는 이미 죽었어.

나는 눈 감은 채 아무 말도 못들은 척 태연히 걷다가,
눈을 뜨자마자 이를 악물고 달리기 시작했다. 진구 황
후가 임신한 몸이라서 도저히 쫓아오지 못할 만큼 빠른
속도였다. 숨이 턱에 닿았지만 밤공기 속에서 짠 내를
맡으며 나는 안도했다. 밤샘 작업을 마치고 돌아와 정
박 중이던 이즈하라 항의 오징어잡이 배들이 나를 반기
는 것만 같았다. 저것들 중 어느 하나로부터 다른 세상
사람의 것 같은 손이 불쑥 나를 부를 것이라 했었다. 그
순간 내가 쓴 유서 내용대로 다케유키 백작의 딸 마쓰
에는 죽는다. 그리고 배를 타는 사람은 덕혜 옹주의 딸
정혜이다. 나는 아버지와 도모圖謀했던 대로 절반의 삶

을 그만 내려놓으며, 가죽신을 벗어 들었다.

해변을 맨발로 디뎠다. 양발바닥에 와 닿는 까슬까슬한 모래 감촉은 최성직의 삭발머리를 두 손으로 보듬었을 때와 느낌이 흡사했다. 검은 바다에 물결 같은 막막한 그리움이 또 밀려들었다. 이즈하라 해변에 죽은 물고기 떼처럼 시신屍身들이 닿았던 날 최성직이 푸른 얼굴로 돌아왔다, 내가 그에게 맡겼던 비취노리개를 유품처럼 품고서 말이다. 그러나 성직의 죽음은 그의 것만이 아니었다. 풀이 죽으면 숲도 죽고 숲이 죽으면 새도 죽듯 성직의 죽음은 그와 관계했던 나의 것이기도 했으니까.

맨발로 모래밭을 걸으며 정혜가 살기 위해서 마쓰에의 죽음을 택하는 중이지만, 어쩌면 성직이 푸른 얼굴로 돌아왔던 그날 이후 나도 내내 푸르게 죽어왔던 건지 모른다. 나는 배를 타기보다는 바다에 몸을 던져 세상과의 모든 관계로부터 문득 달아나고 싶었다. 죽음마저 빼앗기거나 잃어버리고 싶은 충동으로 온몸이 떨려왔다.

그러나 불빛 없는 오징어잡이 배로부터 빠져나온 누군가의 억센 손에, 나는 그만 한쪽 팔이 붙들렸다. 나를 신자마자 배는 곧 조용히 출항했고, 조그만 섬 쓰시마로부터 점점 멀어지기 시작했다. 산비탈의 보리수나무에 등불 같은 꽃이 노랗게 달려있는 것만 눈에 보였다가 곧 사라졌다. 망망대해 저 너머에서부터 희끄무레 동이 트는 대로 하늘에 걸린 조각달의 낯빛은 하얘졌다.

내가 스물네 살 때 썼던 "야마나시고마가타케(山梨駒ケ)로 자살하러 간다."는 유서를, 개인의 전쟁 같은 삶에 대한 선전포고 같은 것으로 받아들이는 사람은 당시에 없었다. 왜냐하면 그때 세상은 온통 진짜 전쟁터였고, 누가 언제 피를 흘리며 죽을지 알 수 없는 그 큰 난리 중에 사람들은 제 목숨 줄 하나 겨우 붙잡은 채 서로 적이었다.

어떤 나라 사람들과 친한 사람들은 다른 나라 사람들과 친한 사람들하고 말을 섞지 않았다. 다른 나라 사람들과 친한 사람들도 어떤 나라 사람들과 친한 사람들을 피해 다녔다.

조그만 섬 쓰시마에 살고 있는 사람들은 그들의 할아버지와 그 할아버지의 아버지 적부터 그 어떤 나라와 또 다른 나라, 양국의 눈치를 보면서 다리 같은 삶을 대물림 해왔다. 그래서 친하게 지내는 사람들의 조국은 제각기 달랐다. 우리는 두 나라 간에 오가는 사람들과 그들 간에 주고받는 약속들을 조용히 지켜보아왔다. 성격이 급한 이의 복잡한 약속일 경우도 많았다. 그것이 어떤 나라와 또 다른 나라 사이를 서슬 퍼렇게 가로지르는 바다 위를 떠다니다가 쓰시마에 닿는 대로, 우리 섬사람들은 보리수나무 아래 성심껏 그들이 쉴 자리를 마련했다. 그리고 우리는 문방사우文房四友를 들고 와서 차를 끓이듯 먹을 갈았다.

한참 서로 다른 나라말로 시끄럽던 그 자리에 다향茶香 같은 묵향墨香이 그윽해 지면, 두 나라에서 온 사람들은 각각의 입장을 잠시 내려놓고 붓을 들었다. 그들은 쓰시마 섬에 꽃핀 보리수나무처럼 화사한 모습으로 종이에 한참 말 꽃을 그렸다. 각자 소리는 달라도 뜻이 통하는 대로 그들은 마침내 손을 마주 잡았고, 우리를 향해 웃으며 사례謝禮했다. 손사래를 치면서도 섬사람들은 그것을 내심 기쁘게 받았다. 쓰시마 섬에는 산이 있어도 들은 없었고, 경치가 아름다워도 사람 먹을 것은 귀했기 때문이었다.

혹시라도 어떤 나라와 또 다른 나라 간에 크고 작은

분쟁이 생길 경우 이 조그만 섬은 점점 더 보잘 것 없어져야 했다. 난리로 끊어지는 것들은 먹을 것과 입을 것뿐만 아니라 사람의 목숨이기도 했기 때문에 섬사람들은 그야말로 목숨 걸고 어떤 나라와 또 다른 나라의 관계가 나빠지지 않도록 잘 이어주려 애썼다. 따지고 보면 모든 분쟁이나 난리 같은 것은 관계가 변하거나 끊어지기 때문에 일어나는 것이라 여겼기 때문이다.

그러던 어느 날 분쟁은 걷잡을 수 없는 전쟁이 되어버렸고, 오랜 시간 어떤 나라와 또 다른 나라 사이에서 연명해왔던 척박한 우리 섬에 절실했던 모든 것들은 한꺼번에 끊어지기 시작했다. 사실 두 나라 간에 전쟁이 발발物發했다고 하는 것은, 그 사이에서 어떤 관계의 다리가 되어온 우리 섬이 더 이상 전혀 필요 없다는 증거였다.

이 세상에 어떤 나라와 또 다른 나라가 이렇게나 많다는 사실조차 몰랐을 때부터 쓰시마 섬에 살기 시작했던 사람들은 다케유키 백작의 증조할아버지의 할아버지를 몹시 존경했다. 그가 사람들에게 뭐가 가난한 건지도 모르는 이 지독한 가난으로부터 이제 그만 벗어나자고 최초로 부르짖으며 다녔기 때문이었다. 그는 해만

뜨면 쓰시마의 산비탈을 일구고 볍씨를 뿌렸으며, 해가 지면 해변에서 배를 만들었다. 사람들은 주어진 자연을 벗 삼아 농부이자 어부로 살아가는 그를 믿고 따랐다.

그 덕분에 이 조그만 섬에서 아무도 더 이상 굶주리지는 않게 되어 좋았다. 그러나 세상에는 굶주리지 않는 사람들 외에 배부른 사람들도 있다는 사실을 섬사람들은 언제부턴가 알게 되었고, 힘들게 일 하지 않아도 잘 먹고 잘 살 수 있는 방법을 찾고 싶어 하는 자들이 늘기 시작했다. 이제는 옛날이야기의 주인공이 되어버린 그 증조할아버지의 할아버지는 쓰시마 이즈하라의 하치만구八幡宮 신사에 모셔졌고, 그의 후예이며 내 아버지인 다케유키 백작은 자연을 벗 삼되 시를 짓거나 그림을 그리며 살고 싶어 했다.

내가 세상에 태어나기 얼마 전부터인가, 우리 섬이 속해있는 어떤 나라가 다른 나라를 지배하기 시작했으므로 현실적으로 두 나라는 하나였다. 그러나 근본적으로는 두 나라가 결코 하나 될 수 없다고 다른 나라 사람들이 절규했다. 그 이유는 하나, 어떤 나라의 부당하고 일방적인 침략으로 다른 나라와 합방되었기 때문이고 둘, 어떤 나라와 다른 나라의 사람들은 서로 피가 다르고 말도 다르기 때문이라고 했다. 그러나 어떤 나라 사람들은 그런 비현실적인 소리를 유언비어처럼 퍼뜨리며 다니는 사람들을 잡아다가 고문하거나 죽였고, 그러거나 말거나 다른 나라 사람들은 피 흘리며 저항했다.

그런 난리 통에 어떤 나라에 속한 이 조그만 섬의 백작 다케유키한테로 다른 나라의 옹주인 덕혜가 등 떠밀리듯 시집오게 되었다. 그리고 일 년 후, 다케유키 백작과 덕혜 옹주라는 애초에 서로 다른 나라 사람들 사이에서 '나'라는 새 생명이 탄생했다. 그렇게 태어난 나는 태생부터 아버지나라의 마쓰에와 어머니나라의 정혜라는 두 개의 이름을 가진 이방인이었다.

세월이 흐르는 대로 나는 자랐고, 열두 살이 되던 해에 아버지나라는 세상의 큰 전쟁에서 무참히 패배했다. 그래서 어머니나라는 가까스로 독립을 하게 되었지만, 이 조그만 섬은 여전히 두 나라 눈치를 보며 존재해야 했고 마쓰에이자 정혜인 나도 여전히 이방 소녀였다. 어쨌든 나는 다케유키 백작의 딸 '마쓰에'와 덕혜 옹주의 딸 '정혜'라는 두 이름으로 쓰시마에서 열 두해를 더 살았다.

망망대해에 조그만 섬이 어떤 나라와 또 다른 나라

사이에 있어왔다. 누가 뭐라 부르든지 간에 섬은 서로 다른 두 나라 사이에 조그맣지만 분명히 존재해온 것이다. 섬처럼 나도 아무나가 부르는 대로 어머니 딸 정혜였다가 또 아버지 딸 마쓰에였다. 물 위에 떨어진 나뭇잎 하나 강물에 잠기면 강이 되고 짠 물에 닿으면 바다가 되듯이. 스물 네 해 동안 나는 그냥저냥 쓰시마 섬에 살았다. 아니 어쩌면 그렇게 오랜 시간 나는 죽어왔던 것일지 몰랐다.

（ 나를 기다리고 있었다는 듯 소년이 두 팔을
펼치며 반겼다. 얘, 너 쓰시마로 다시 올 거지? ）

2

누구나 살다보면 슬플 수 있다

물방울이 굴렀다. 나는 슈젠지修善寺의 우산 같은 처마 밑에 쪼그리고 앉아 눈으로 빗방울을 좇았다. 사찰 정원 여기저기에 조용히 앉아있는 작은 불상들은 비에 젖지 않았다. 지장보살상을 타고 구르다가 심심해진 물방울들이 꽃을 적시고 잎도 적시고 흙에 스몄다. 정원에 저 빗방울 아닌 것은 돌 불상과 나뿐인 것 같았다.

"마쓰에, 비가 오는구나. 오늘은 그만 돌아가거라."
겐쇼 스님은 그렇게 말씀하시고 법당 문을 굳게 닫아버렸다. 저 문 안에는 먼데서 손님들이 와 있었다. 나는 문 밖에 쪼그리고 앉아 혼자 젖고 있었다. 하지만……, 집으로 가기는 싫었다.

식구들 중 오늘 같은 날에 집을 지키는 사람은 어머니뿐이었는데, 지난달부터 그녀는 병실에 우두커니 앉아있는 사람이 되어버렸다. 아버지는 매달 정해진 날짜에 아내가 있는 병원으로 가는 게 아니라, 귀신들이 모여 사는 신사神社로 갔다. 거기에서 고모할머니를 비롯한 다른 가족들을 만나 죽은 조상들께 정기적으로 참배했다. 어머니를 제외한 다른 가족들은 모두 신사의 귀신들과 친한 것 같았고 서로 너무 잘 통하는 것 같았다. 가족들이 어머니보다 더 친하게 지내고 있는 신사의 귀신들이 나는 싫었다. 그들이 묘하게 어머니만 이지메(いじめ)하는 것 같아, 나도 그들을 따돌리기로 마음먹었다. 사실 따돌림을 당하는 쪽이 소학교에서는 늘 나였다. 내가 힘없는 이웃나라 옹주의 딸이기 때문이었다.

우선 마쓰에는 피가 더러워. 몸속에 절반은 한 많은 이웃나라의 피가 흐르고 있어.

한이 뭐야?

응어리진 마음이지. 누군가에게 많이 당해서 원망스럽고 억울하면 슬프잖아, 그런 슬픔이 덩어리처럼 뭉쳐져 결국 한이 된대.

그렇다면 마쓰에는 더러운 게 아니라 무섭네. 아이,
무서워서 나는 걔 가까이 못가겠다.

맞아. 너 봤니? 마쓰에 엄마는 맨날 흰 옷만 입고 다
녀. 교문 앞에서 마쓰에를 기다리며 서있는 걸 보면 으
스스한 게 꼭 유령 같아 보인다구.

그러나 만약 이웃에 있는 어머니나라의 힘이 강했거
나 우리 어머니가 아버지나라의 공주였다면 친구들은
나를 몹시 부러워했을지도 모른다. 아무튼 그렇게 함부
로 지껄이는 소학교 친구들과 또 교문 앞에 우두커니
유령처럼 서있는 어머니를 피해, 나는 한 달에 한 번 뒷
담벼락에 뚫려있는 개구멍으로 하교했다. 나를 기다리
다 지치면 어머니는 흰 치마저고리를 차려입은 모습으
로 혼자서 터덜터덜 걸어 하치만구 신사로 갈 것이고,
기모노로 성장盛裝한 차림으로 참배 중이던 고모할머니
는 지난번처럼 또 외마디 비명을 지르며 그녀를 거기서
쫓아낼 것이다.

어머니가 흰 치마저고리를 차려입고 신사에 출현하
는 것이 고모할머니를 비롯한 일가 구성원들에게는 번
번이 심각한 사건이었지만, 내가 보기엔 그들의 호들갑

이 좀 우스웠다. 하치만구 신사의 귀신들 앞에 이웃나라 유령 같은 사람이 나타난 게 뭐 어때서. 쓰시마는 어차피 아버지나라와 어머니나라 사이에 있는 조그만 섬이고, 지금 두 나라는 하나 되었다 우기고 있지 않은가.

어쨌든 내가 신사의 귀신들을 이지메 하는 것으로써 이러저러한 분을 삭이며 지내는 것에 대하여 고모할머니를 비롯한 일가 구성원들은 이해하지 못했다. 마쓰에는 어디로 갔는지 또 안 보이는구나. 그 어린 것 훈육을 태생이 다른 나라 여자가 똑바로 시킬 리 만무하다. 물 건너 시집 왔으면 집안 법도를 익히고 따라야 할 것을, 어째서 속국屬國의 묵은 습관을 떨치지 못할까! 목석처럼 서있는 어머니를 향해 고모할머니의 화살 같은 비난이 쏟아졌다. 그러거나 말거나 입술을 앙다물고 긴 목을 꼿꼿이 한 채 어머니는 하치만구 신사의 귀신들로부터 조용히 돌아섰다. 어머니의 뒤통수에 대고 그들은 연신 혀를 찼다.

그네들과 전혀 다른 옷을 입고 전혀 다른 말을 사용하며 나를 마쓰에가 아니라 정혜라고 이름 지어서 부르는 어머니가, 나는 하루에도 수십 번씩 애처롭다가 미웠다가 했다. 그래서 가족들이 하치만구 신사에 모이는 날마다 나는 시내 동남쪽 깊숙이 달아났다. 쏜살같이 이즈하라 번화가를 지나서 가파른 계단을 올랐고 슈젠지 정원으로 단숨에 들어섰다. 이 사찰 법당에 걸려있는 어떤 할아버지의 초상화 앞에서 어머니가 꼬마 정혜의 손을 잡고 소리죽여 울었던 어느 날, 그날의 풍경이 내 고요한 기억의 바다에 문득문득 자잘한 파도처럼 일기 때문이었다.

덕혜 옹주처럼 흰 옷을 차려입고 그림 속에 조용히 앉아있는 저 할아버지는 오래전에 어머니나라에서 쓰시마 섬으로 붙잡혀 왔으며 다른 나라의 음식 먹기를 거부하다가 결국 굶어 죽었다는 사연을, 슈젠지의 겐쇼 스님이 내게 들려줬다. 그렇다면 이웃나라의 한 많은 유령인데, 스님은 무섭지 않아요? 내가 그렇게 물었을 때 그는 너털웃음을 터뜨렸다.

하하하, 마쓰에. 어떤 연유에서든 두 나라는 지금 하나 되어 있고 쓰시마는 두 나라 사이에 존재한다. 두 나라가 사이좋게 지내길 우리는 늘 바래왔어. 그리고 누구나 살다보면 슬플 수 있지, 슬픈 사람이 무서울 이유는 없단다. 가만히 그림을 올려다보고 서있는 내게 겐쇼 스님은 또 이렇게 말했다. 오히려 이 분의 슬픔에 대하여 오랜 동안 다른 사람들이 생각하고 함께 해 주는 게 중요한 거야. 나는 슈젠지에 최익현 선생님을 모시고 있어서 영광스럽구나. 이 분의 슬픔 덕분에 언젠가 우리 다함께 기쁜 날이 올지도 모르니까.

겐쇼 스님은 그렇게 말한 후 기다란 향에 불을 붙였고, 나는 그 앞에 쪼그리고 앉았다. 향 끝에서부터 피어오르는 푸른 연기를 바라보며 나는 연기 속에서 어머니 나라를 더듬었다. 하지만 그곳은 하나라도 둘이고 가깝지만 먼 이웃나라이기에, 허공으로 흩어지는 저 푸른 연기처럼 잡히지 않고 닿지 못할 것 같았다.

그만 집으로 돌아가라며 겐쇼 스님이 굳게 닫아버렸던 법당 문이 거짓말처럼 열렸다. 놀라 벌떡 일어서고 싶었지만, 너무 오래 쪼그리고 앉아 있었던 탓에 나는 그만 뒤로 벌렁 주저앉고 말았다.

"저런, 마쓰에! 너 아직도 거기 있었구나. 이리 안으로 들어 손님께 인사 올리어라." 겐쇼 스님이 혀를 차며 엉덩이를 깔고 있는 나를 불렀다. 나는 손가락 끝에 침을 묻혀 콧등에 바르며 주저앉았던 자리에서 겨우 일어섰고, 섬돌 위에 가죽신을 가지런히 벗어두고 법당

안으로 들어섰다. 어머니나라의 유령할아버지 초상화 아래에 낯선 사람이 둘 앉아 있었다. 둘 다 남자였지만 어른 쪽은 겐쇼처럼 스님인 듯했고 다른 사람은 내 또래로 보이는 소년이었다. 아직 빗방울이 구르는 이마를 옷소매로 훔치며 나는 그들을 바라보며 서있었다.

겐쇼 스님이 낯선 사람들을 향해 입을 열었다. "덕혜 옹주의 딸이 이 아이입니다."

그리고 내게 말했다. "마쓰에, 가까이 와서 절 올리어라. 네 어머니나라의 섬인 제주도에서 오신 큰스님이시다."

나는 조용히 나아가서 완고해 보이는 큰스님 앞에 무릎을 꿇고 앉았다.

"이리 가까이 오너라."

인상과는 달리 인자한 음성으로 그가 내게 물었다. "마쓰에라고 하느냐?"

"예." 그리고 저도 모르게 내가 이렇게 덧붙였다. "또 정혜라고도 합니다, 큰스님."

그러자 곧 그가 두 손을 내밀어 내 조그만 손을 꼭 잡아 쥐어주었고, 뜻밖의 그 따뜻한 기운에 나는 그만 왈칵 영문 모를 울음이 치솟았다.

큰스님이 다시 물었다. "어머니이신 덕혜 옹주께서는

어찌 지내시느냐, 평안하시냐."

우울하고 창백한 어머니의 얼굴을 떠올리다가 나는
결국 눈물을 쏟았다. 손을 잡았던 큰스님의 손길이 이
젠 가만히 내 등을 쓸어주고 있다는 것도 모른 채, 나는
어쩔 수 없는 눈물 대신 소리만이라도 삼키는데 온 정
성을 쏟아야 했다.

"아, 영특하지만 참 딱한 아입니다." 그렇게 말하며
겐쇼 스님이 곁에서 한숨 쉬었다. "마쓰에, 비가 그친
듯하다. 제주도에서 온 저 소년에게 슈젠지의 정원을
안내해 주련?"

나는 젖은 소매로 젖은 얼굴을 닦으며 고개를 끄덕였
다. 마주앉아있는 소년 보기가 새삼 부끄러웠지만, 나
는 겐쇼 스님의 뜻대로 소년과 함께 법당 바깥으로 나
섰다. 우리는 정원에 우두커니 선 채 한동안 말이 없었
다. 바람이 불자 법당 추녀 아래서 물고기가 종소리를
냈다.

"풍경은 똑같네." 소년이 중얼거렸다. 어머니가 내게
가르쳤던 어머니나라의 말소리였다.

"그러면 차이 나는 것은 무어야?" 나도 어머니나라
말로 소년에게 물었다.

"무덤." 소년이 그렇게 짧게 대답했다. 다시 물고기가 맑은 소리를 냈다.

"그럼 제주도라는 너희 섬의 사찰 정원에는 무덤이 없나 보구나?" 내가 되물었다.

"응. 금당은 부처님이 지키고 절 마당은 탑이 지켜. 하지만 여기를 죽은 사람들이 지키는 덕분에 돌아가신 우리 할아버지도 슈젠지에 편히 계실 수 있어서 감사해."

"우리 할아버지? 그럼, 법당에 걸려있는 저 그림 속의 유령이 바로 너희 할아버지란 말이니?" 나는 그렇게 외쳤다가 소년에게 말실수를 한 것 같아, 얼른 두 손으로 입을 막았다. 소년의 눈이 동그래지며 내게 물었다.

"유령?"

"아, 미안해. 쯔시마의 조상귀신들은 사찰이 아니라 하치만구 신사에 모여 살고 있거든."

"아하, 신사라는 곳을 조상님들이 지키시나 보다."

소년이 그렇게 말하며 고개를 끄덕였지만 나는 더 대꾸하지 않았다. 귀신은 아무것도 지킬 수 없으니까 신사에만 콕 틀어박혀 사는 거라 말하고 싶었고 차라리 너희 할아버지유령께 우리 어머니를 지켜달라고 나는 빌어 왔다 말하고 싶었지만, 소년의 눈이 다시 동그래

질까봐 참았다. 다시 빗방울이 떨어지기 시작했다.

"애, 법당으로 되들어갈까?" 내가 다급히 물었지만 소년은 고개를 저었다.

"아니."

"그러면 이리 와봐." 나는 소년의 더벅머리에 내려앉는 물방울을 털어주고 옷소매를 당겼다. 그에게서 풍겨나오는 비릿하고 쌉싸름한 풀냄새 같은 것이 싫지 않았다. 온통 큰 바위와 흰 모래로 정갈하게 꾸며진 슈젠지 정원을 가로질러, 우리는 법당 뒤편에 자리 잡은 묘지에 닿았다.

"와, 여기에 작은 불상들이 옹기종기 모여 있네." 소년이 신기하다는 듯 소리쳤다.

"응, 지장보살들이야. 지옥의 악귀들 손아귀에서 아이들을 구할 수 있는 힘이 있대. 사람이 죽으면 모두 부처가 된다고 우리 섬사람들은 믿고 있어."

"그런데 왜 돌 불상마다 이렇게 턱받이를 두르고 있지? 하하, 아기 부처님들 같다."

"아하, 그건 떠도는 영혼이 극락에 닿을 때까지 혹시 추울까봐 입혀주는 옷이라고 들었어. 내가 보기엔 앞치마 같은데 네 눈엔 턱받이처럼 보이나봐. 아하하." 소

년이 웃는 게 좋아서 나도 따라 웃으며 열심히 이야기
했다.

"그렇구나. 쯔시마 사람들은 인정이 많은가보다. 죽
은 사람들한테까지 마음이 몹시 극진하네."

그런가. 듣고 보니 우리 증조할아버지의 할아버지를
하치만구 신사에 모시고 있는 고모할머니부터 소년의
큰할아버지를 슈젠지에 모신 것이 영광스럽다는 겐쇼
스님까지, 쯔시마 사람들은 죽은 이들에겐 참 극진하
다. 그런데 어째서 살아있는 우리 어머니에게는 고모할
머니를 비롯한 일가 구성원들이 인정을 베풀지 않을까.
어머니도 어쩌면 죽어서야 슈젠지에라도 극진히 모셔
질지 모른다. 설마 아픈 어머니가 더 많이 아파서 죽기
라도 기다리는 건가, 어쨌든 그들은 모두 가족인데 말
이다. 그렇게까지 생각이 미치자 나는 두려웠고 침울해
졌다. 그런 내 낯빛을 소년이 살피다가 딴 소리를 했다.

"우리 섬 제주도에는 말야, 아주 아주 높은 한라산이
있어. 근래 마을사람들이 자꾸 그 산 깊숙이 들어간다
고 큰스님은 걱정이 많아."

"왜, 그 산이 아주 아주 높아서 위험해?" 궁금해진 내
가 소년에게 물었다.

"음, 산이 높아서 위험한 게 아니라 위험한 사람들이 지금 한라산에 들어있대. 그들이 불장난을 하는지 산 구석구석에 봉홧불이 올라서 한밤중에도 온산이 대낮처럼 밝단다. 그 사람들을 잡으러 섬 바깥에서 또 다른 낯선 사람들이 자꾸 밀려들고 말이야. 내가 큰스님을 따라 쓰시마로 오는 배를 탔을 때 한라산 쪽에서 총소리가 여러 방 울렸어."

"아아, 듣기만 해도 나는 무섭구나. 너는 안 무섭니?"

소년이 잠시 뭔가 생각하더니 어깨를 으쓱이며 말했다. "하지만 말이야, 나는 사나이니까 뭐. 여기 모셔진 우리 큰할아버지도 매우 용감한 분이셨대."

그렇게 대답하는 소년이 제법 믿음직스럽게 느껴졌다. 나는 그를 잠시 바라보다가 호주머니 속에서 어머니의 비취노리개를 꺼냈다. 이것은 본래 소년이 살고 있는 어머니 나라의 물건이라 했었고, 쓰시마에 억지로 시집을 오게 된 어머니의 어릴 적 추억이 깃들어 있는 것이라 들었다. 어머니나라에서 온 이 소년에게로 나는 우리 둘의 만남에 기념이 될 만한 멋진 오미야게(おみや げ)를 건네기로 마음먹었다.

"자!"

"이게 뭐야?"

"응, 우리 어머니가 아기씨였을 때부터 몸에 지니고 다녔던 소중한 건데 어떤 경우에도 나를 지켜줄 거라고 했어."

"그런데 이렇게 귀중한 물건을 나한테 주면 너는 어쩌려고?"

"으응, 주는 게 아냐. 네게 맡기는 거야. 너는 지금 나보다 더 외롭고 위험하니까. 절대 잃어버리지 말고 반드시 내게 되돌려줘야 해. 약속할 수 있겠니?"

소년이 음, 하며 다시 고개를 떨궜다. 나는 소년의 바른쪽 팔을 찾아 잡고 손바닥을 펴게 해서 비취노리개를 쥐어주었다. 행여 받지 않을까봐 걱정했는데, 소년은 그것을 쥔 손에 꾹 힘을 주며 말했다. "약속한다. 절대 잃어버리지 않을 거고 반드시 네게 되돌려주러 오겠어."

그리고 소년은 빗방울에 젖은 얼굴로 활짝 웃어보였다. 그 바람에 묘지에 앉아있는 지장보살들이 한꺼번에 빙긋 웃는 것 같았고, 나도 젖은 얼굴을 옷소매로 문지르며 미소 지었다. 그때였다.

"마쓰에, 마쓰에!"

겐쇼 스님이 나를 찾는 소리가 크게 들려왔다. 우리는

그만 지장보살들과 작별하고 법당으로 돌아와야 했다.

"마쓰에, 낼 모레가 오봉(お盆)이란다. 작년처럼 너도 슈젠지에 미리 등불을 밝히자." 그렇게 말하며 겐쇼 스님이 건네주는 연등을 나는 작년보다 더 소중하게 받아들었다. 그리고 소년을 향해 속삭였다.

"애, 이것은 쓰시마 사람들이 오봉절에 조상신을 마중하는 등불이야, 돌아가신 큰할아버지가 너를 보러 오실 수 있게 아주 환히 밝히자."

"그래!" 소년이 고개를 끄덕이더니 이를 죄다 드러내며 환한 표정을 지었다. 우리는 약속이라도 한 듯 손을 꼭 잡고 정원의 커다란 녹나무를 향해 걸었다. 꽃은 이미 다 지고 없었지만 잎줄기의 향이 하도 짙어, 하필 발걸음이 그 나무로 향했던 건지 모른다.

녹나무 굵다란 가지 아래서 소년이 몸을 돌리더니 내게 업히라고 했다. 살집이 작아 마른 듯 보이나 다부진 소년의 등을 타고, 나는 녹나무 가지에 연등을 달아 밝혔다. 날이 어두워지자 오락가락 하던 비가 완전히 그쳤고 쓰시마 이즈하라의 일천오백 집 일천오백 그루의 나무마다 일제히 등불이 달려, 섬은 통째로 은은한 화성火城 같았다.

그날 밤 나는 일치감치 자리에 누웠지만 쉬 잠들 수 없었다. 얕은 잠이 드는 대로 다시 슈젠지 정원으로 나는 듯이 달려갔다. 가지에 매달려있는 연등 아래 제주도에서 온 소년이 나무처럼 서있었다. 나를 기다리고 있었다는 듯 소년이 두 팔을 펼치며 반겼다. 얘, 너 쯔시마로 다시 올 거지? 나는 꿈속에서나마 간절히 물었고, 소년은 내가 제게 맡긴 비취노리개를 흔들어 보이며 고개를 끄덕였다. 그리고 새벽녘이 되어서야 깊이 잠들어버린 내 숨소리는 더없이 편안했다. 새 아침에 눈을 떴을 때, 코끝에 녹나무 향이 매달려 종일 가시지 않았다.

그 바람이 자꾸 풍경을 흔드는 대로 허공에서 헤엄
치던 물고기가 마침내 꽃염불을 흥얼거리기 시작했다.

3

섬과 섬 사이에 다리를 놓는 꿈을 꾼다

크고 작은 바람이 슈젠지修善寺로 불어들 때마다 법당
추녀 아래서 물고기가 풍경소리를 냈다. 물을 떠나 허
공에 매달렸지만, 잡을 수도 가둘 수도 없는 저 물고기
의 노래가 나는 괜히 부러웠다. 풍경소리는 수 해 전 어
머니나라의 큰스님을 따라 쓰시마로 와서 슈젠지 정원
을 함께 거닐었던 한 소년에 대한 내 그리움 속으로 번
번이 파고들어, 마음에 끝없이 파문을 일으켰다. 그 소
년은 지금 내 눈앞에 없는 다른 섬의 존재이지만 저 물
고기의 노래는 거기서도 똑같다고 말하지 않았던가. 그

래서 이 정원에 들 때마다 바람이 풍경을 흔드는 대로 활짝 웃는 제주도 소년의 모습이 내게는 보였다.

그런데 수해가 흐른 뒤 정작 그 소년이 우리 섬 쓰시마의 슈젠지로 다시 왔을 때, 그는 더 이상 내가 기억하고 있는 더벅머리 소년이 아니었다. 만약 그가 큰스님과 함께 오지 않았다면 나는 소년의 변한 모습을 알아보지 못할 뻔 했다. 속절없이 다섯 번의 오봉절이 지나갔고, 이제는 발끝으로 서서나마 누군가의 도움 없이 마쓰에 혼자서 녹나무 가지에 연등을 달 수 있게 되었다.

그동안 소년은 어머니나라의 제주도에서 기골 좋게 장성했고 아버지 같은 큰스님으로부터 '성직'이라는 법명을 받았다고 했다. 그러니까 그는 젠쇼 스님처럼 비구가 되어서 쓰시마의 슈젠지를 다시 방문한 것이었다. 성직은 나와 대면하자마자 엷게 미소 지으면서 이렇게 말했다.

"마쓰에는 그새 숙녀가 다 되었습니다."

그리고 두 손을 모으며 인사를 해 왔기에, 나도 얼떨결에 합장하며 그를 향해 어색하게 웃었다. 그렇게나마 우리는 수년 만의 채회에 함께 웃을 수 있었지만 큰스님의 표정은 어두웠다.

큰스님은 슈젠지에 닿자마자 법당에 모셔 놓은 어머니나라 최익현 선생의 초상화 아래서 제를 올렸고 "우리나라가 또 어디로 가고 있습니까." 하고 여러 번 탄식했다. 성직은 말없이 큰스님 곁에 앉아 목탁을 두드렸다. 세계의 전쟁이 끝났다고 들었건만 아무래도 어머니나라는 아버지나라로부터 독립을 하고서도 평안하지 못한 듯했다. 나처럼 조용히 그들을 지켜보며 서있던 겐쇼 스님이 물을 끓여서 어린 녹차 잎을 우려내는 동안 슈젠지 정원에 바람 한 점 들지 않았다. 따라서 허공에 매달린 풍경도 꼼짝하지 않았다, 물고기는 눈을 뜬채 넋을 놓아버린 듯 성직의 목탁소리를 그냥 흘려보내며 아무 노래도 부르지 않았다.

큰스님과 겐쇼 스님이 마주보고 앉아 인사 말씀을 나누는 동안 성직과 나는 법당 주변을 돌며 정원을 함께 걸었다. 열두 살적에 비가 오락가락 했던 그날처럼 우리는 서로의 어깨가 닿을 때마다 쑥스러워했지만, 하나 낯설지 않았고 너무 거리도 두지 않았다. 그가 먼저 입을 열었다. "그동안 제주도에서 마쓰에……, 정혜 네 생각을 나는 참 많이 했다."

나도. 나도 그랬다고 그에게 말하고 싶었지만 잠시

발걸음을 멈추었을 뿐, 나는 낯을 붉히며 성직을 바라보기만 했다.

그도 걸음을 멈추었고 나를 똑바로 쳐다보며 더 말했다. "쯔시마와 제주도가 전혀 다른 섬이지만 서로 같은 섬이었으면 했단다. 우리 섬을 최초에 만들었다는 설문대 할망처럼 밤마다 내가 섬과 섬 사이에 다리를 놓는 꿈을 꾸었다. 날 밝으면 한달음에 대해를 건너 이 섬에 있는 너를 데리러 오고 싶었단다. 하지만……." 그쯤에서 말끝을 흐리며 성직은 다시 걸었다.

이번에는 내가 그에게 말했다. "나는 그저 네가 제주도에서 잘 지내고 있기만을 기도했어. 그 섬은 우리 쯔시마와는 비교할 수 없이 크고 비옥한 땅이라 들었으니까……. 아마 너도 잘 지내고 있을 거라 생각했어."

그러나 성직은 굳은 표정으로 다시 말했다. "마쓰에 아니 정혜야. 네 어머니나라의 섬 제주도는 지금도 전쟁 중이야."

"뭐? 아니 성직, 그게 무슨 얘기니? 쯔시마가 속해있는 나라와 제주도가 속해있는 나라 간의 전쟁은 진작 끝났어. 그리고 제주도가 속해있는 너희 나라는 이미 독립이 되었잖아."

"음, 그랬지. 하지만 마쓰에……, 전쟁은 나라와 나라가 하는 것이라기보다는 사람과 사람이 하는 것인 듯하다. 지금 슈젠지에 모셔져 있는 우리 큰할아버지는 외세에 저항하다 돌아가셨지만 늙고 병든 그분을 쓰시마로 보내서 귀양 살게 한 건 다른 나라 사람이 아니라 바로 우리나라 사람이었단다. 정혜야, 네 어머니 덕혜옹주님이 원치 않게 쓰시마로 시집 왔지만, 그분을 이 섬으로 보낸 게 비단 원수의 나라 사람만은 아니었을 거다."

아아, 원수와 다를 바 없는 어머니나라 사람들이라니……. 보일 듯이 보일 듯이 보이지 않는 덕혜 옹주의 향수鄕愁란 정녕 잡히지 않고 닿을 수도 없는 향 끝의 푸른 연기 같은 것이었단 말인가, 그 속에서나마 애타게 더듬어온 내 어머니나라 사람들이 어째서 또 자기들끼리 적군과 아군을 나누고 전쟁 중이란 말인가.

두 나라 간에 전쟁이 끝났으니까 이제는 그리운 조국의 고향집으로 돌아갈 수 있을 것 같았지만 어머니는 아직도 쓰시마의 벌집 같은 병실에 우두커니 홀로 앉아서 오지 않는 고향 사람들의 기별을 하릴 없이 기다리고 있다. 어쩌면 그 사람들은 덕혜 옹주라는 존재를 까맑게 잊었거나 혹은 잊지 않았다 해도 외면하는 중일지도 모르는데 말이다.

그녀가 쓰시마 섬에서 잊어버리거나 잃어버리지 않고자 해온 내 어머니나라의 말과 옷 또 음식 따위를 어린 딸 정혜도 자연스레 함께 지켜온 나날들을 나는 더듬었다.

남쪽 하늘에서 날아온 큰 날개의 비행기가 많은 알림 쪽지들을 날리고 있네.

그것들은 금색 은색, 나는 그것을 갖고 싶지만 바람의 신이 데리고 간다.

어디로 가는지 가만히 보고 있으니 저만치 솔개가 있는 곳에서 놀고 있구나.

어머니가 이렇게 노랫말 같은 글을 어머니나라 말로 종이에 적으면, 나는 아무 곡에나 그것을 붙여 웅얼 흥얼 서툴게나마 따라 불렀다. 쓰시마 섬에서 다른 가족 누구와도 함께 부를 수 없을 그 노래는, 불러도 아득하고 불러도 대답 없는 어머니나라이거나 그 나라 사람들 같았다. 하지만 엄마와 내가 함께 노래로 부르면, 그것은 접고 있던 날개를 펴고 일어난 새처럼 바다로 열린 창을 통해 나가서 금빛으로 날고 은빛으로 날았다. 그러다가 노래 부르기에 싫증이 난 내가 그만 방에서 빠져나와도 엄마는 목 쉰 소리로 오래오래 혼자 노래했다. 어머니가 소학교 시절에 직접 지었던 노랫말이라는 사실을 나는 좀 더 자라 소녀가 되어서야 알게 되었다.

어머니는 옷장 속에 가득 걸려있는 화려한 기모노보다 낡은 가방 속의 몇 벌 되지 않는 치마저고리를 즐겨 입었다. 이제는 네 귀퉁이가 해어져서 둥글어져가는 그 커다란 사각 가방이 열리는 날마다 나는 그녀의 방에서 뒹굴었다. 그런 날 어머니의 표정은 바람 없고 맑은 날의 바다 같았다. 마술 상자 같은 그 가방 속에서 쏟아지는 빛바랜 것들—손잡이에 용이 새겨진 양산, 반짝이는 구슬장식이 꽃모양으로 달린 핸드백, 앞코가 뾰족한 하이힐, 가느다란 가죽 줄이 달린 롤렉스시계 등등—은 다른 세상의 보물처럼 보였다. 그것들은 점점 더 해묵어갔지만 어린 티를 벗고 소녀가 되어가는 내 눈엔 볼 때마다 새로웠다.

나는 이것저것들을 조심스레 만지다가 어머니의 손길이 유난히 오래 머무는 것 두 가지를 궁금해 했다. 하나는 알록달록한 팔소매가 붙어있는 조그만 웃옷이었고, 다른 하나는 엷은 쑥색이 감도는 돌멩이 같은데 그것엔 붉은 리본과 술이 달려 있었다. 두 가지 다 난생처음 보는 물건이었다.

정혜야! 이 저고리는 엄마가 아주 아기씨였을 때 대궐에서 입고 지냈던 거란다. 저 바다 건너 엄마나라 사람들은 말이야, 동서남북 그리고 중앙에서 일어날 수 있는 모든 나쁜 일은 막아내고 그저 좋은 일만 생기라고 기도하면서 옷을 짓기도 한단다. 이렇게 다섯 가지 색깔의 천을 이어 색동저고리를 만들어서 자식한테 입히는 거야. 이 색동저고리를 까치저고리라고도 해. 정혜야, 왜 일전에 엄마가 어떤 새에 대해 얘기해 준 적 있지? 까치는 좋은 소식을 집집마다 알리며 다니는 기특한 새라고 했잖아. 기억나니?

그렇게 설명하는 엄마의 환한 얼굴을 들여다보다가, 입고 있으면 정말 좋은 일만 생길 것 같은 까치저고리 소매에 나는 한쪽 팔을 끼워보았다. 그러나 턱없이 짧아 맞지 않았다. 덕혜 옹주가 소리 내어 웃으며 말했다. 어디서 잃어버렸는지 이젠 치마도 없는 외 저고리란다. 네 것을 내가 곱게 한 벌 지어주마.

정말요, 엄마?

그럼, 이리와. 내 소중한 아기씨 정혜야. 곧 네 열 번째 생일을 맞게 되니까 선물 삼으면 되겠다. 엄마는 팔을 뻗어 내 몸을 당겨서 자기 무릎 위에 앉혔고, 잔머리를 쓸어서 귀 뒤로 넘겨주며 또 소리 내어 웃었다. 나도 엄마의 단발머리를 귀 뒤로 넘겨주는 시늉을 하며 품속에서 따라 웃었다. 그리고 물었다. 근데 엄마, 쿠사모찌(草もち)같은 이 돌멩이는 뭐예요?

정혜야, 이건 그냥 돌멩이가 아니라 녹색 보석이야, 비취翡翠라는 예쁜 이름도 있단다. 비취에 붉은 리본을 끼워서 이렇게 노리개를 만들어. 그리고 치마저고리에 달고 다니면, 우리 아기씨 색동 치마저고리가 더욱 맵시 나겠지?

그리고 엄마는 내 바른쪽 손바닥에 비취노리개를 꼭 쥐어주며 웅얼거렸다. 정혜야, 내 귀여운 아기씨야. 부디 너는 이 노리개를 빼앗기지 말거라, 아무데고 엄마를 잃어버리지도 말아라. 엄마의 눈이 빨개지더니 맑은 물이 차올랐다. 나는 다른 손으로 어머니의 얼굴을 만지며 머리를 끄덕여 보였다. 응, 응. 꼭 약속할 게요, 엄마.

다음날부터 어머니는 즐겁고 분주해 보였다. 동서남북 그리고 중앙으로, 오방을 헤매 다니며 오색 천을 모았다. 쓰시마 섬에는 비단이 귀해서 구하는 대로 전부 인조견이었지만 어머니가 색동에는 감침질을 하고 깃을 상침삼땀 하는 대로 내 까치저고리는 제법 구색을 갖춰갔다. 딸아이 열 번째 생일 선물로 늦지 않으려 그녀의 손놀림은 바빴지만 제대로 바느질이라곤 여학교 다닐 때 재봉시간에 배웠던 기억뿐이었으니 쉬운 작업이 아니었다.

아아, 바느질솜씨도 빼어났던 변상궁이 새록새록 보고 싶구나. 엄마가 수차례 그리 탄식하는 것을 듣다가 내가 물었다. 변상궁이 누구예요?

변상궁은 말야, 엄마가 정혜처럼 아기씨였을 때 대궐에서 친절하게 돌봐줬던 분이야. 요리도 바느질도 그야말로 솜씨가 최고였지. 몇 날 밤을 새워가며 어린 덕혜옹주의 치마저고리는 변상궁이 다 지어주었단다. 아아, 내 조국으로 살아 돌아가 다시 그녀를 만날 수가 있을까⋯⋯. 그리움을 삼키며 오색 천을 이어가는 어머니의 손끝에서 몽실몽실 오색구름처럼 좋은 일만 피어났으면 좋겠다고 나는 생각했다.

그러나 맛있는 생일상보다 행운의 생일선물을 더 간절히 기다리며 어머니의 비취노리개를 갖고 놀던 내게로, 색동저고리는 닿지 못했다. 그녀가 손수 지은 까치저고리의 날개는 생일날 아침에 "마쓰에, 오메데또!(おめでとう)"를 외치며 집안으로 들어선 고모할머니 손에 잡힌 대로 꺾여버렸고, 마침내 재봉가위질로 무참히 잘려나갔다. 순식간에 색동 날개가 떨어져 나가버린 어머니의 그것은 까치도 옷도 뭣도 아니었다.

"엄마아, 마쓰에의 까치저고리가 죽어버렸어!" 나는 큰소리로 그렇게 외치자마자 울음을 터뜨렸고, 그 바람에 생일상을 차리던 덕혜 옹주가 부엌에서 달려 나왔다. 엄마는 색동소매가 잘려나간 저고리를 움켜쥐고 부들부들 떨기 시작했다. 어쩔 줄 몰라 하며 곁에 서 있던 내 아버지가 고모할머니를 큰 소리로 원망했지만, 그녀는 아랑곳 하지 않았다. 오히려 내 어머니에게로 이렇게 소리 질렀다.

덕혜, 네가 아직도 속국의 옹주라 착각하며 사느냐? 그래 재수 없게끔 저 괴상망측한 까치 옷을 아이 생일날에 입히려 했던 것이냐? 오래 전에 도요토미 히데요시가 바다 건너서 그 새를 이 섬으로 가져왔던 적이 있었다. 하지만 한 나절도 견디지 못하고 까치 새는 제 스스로 떠나갔다. 우리 섬 쓰시마에 까치란 없는 새야, 당장 치워라.

그리고 고모할머니는 여전히 울고 있는 내 팔목을 단단히 붙잡고 아버지를 채근했다. 뭘 하고 서있나, 다케유키 백작? 오늘 같이 좋은 날, 하치만구 신사부터 들러 마쓰에의 밝은 장래를 축원하자. 정오엔 준비해둔 오세치御節 요리를 먹을 거다. 마쓰에, 눈물 뚝. 자, 이제 외투를 입어라.

그날 이후, 어머니의 얼굴에서 웃음이 사라졌다. 말수도 점점 줄어들었다. 고모할머니가 꺾어버린 것은 내게로 미칠지 모를 오방의 액을 막고 싶었던 어머니의 기원이었고 고모할머니가 잘라낸 것은 어머니나라로부터의 좋은 소식을 기다리는 그녀의 갈망이었을지 모른다. 그러나 아무렇지도 않은 듯, 누군가의 간절한 기원과 갈망을 잔인하게 묵살한 고모할머니는 자신이 쓰시마 섬 하치만구 신사의 귀신들만큼이나 대단하다고 생각하며 사는 사람 같았다.

그 사건은 어머니와 내가 쓰시마 섬에서 향유享有하고 싶어 했던 어머니나라의 문화로 말미암은 것이었다.

그러나 정작 바다 건너 어머니나라의 누구도 알아주지 않는 부질없는 짓이었을지 모른다. 그 날을 기억해내자, 나는 그만 한없이 쓸쓸해졌다. 이 심정을 들여다보기라도 하듯 내 얼굴을 빤히 들여다보며 서있던 성직은 다시 화제를 돌렸다. 그는 자신이 살고 있는 어머니나라의 제주도 사정을 내게 더 설명했다.

"마쓰에, 우리나라는 독립이 되었지만 제주도 한라산에는 여전히 밤마다 봉홧불이 오른단다. 전쟁을 계획하고 있는 어떤 사람들의 전략기지처럼 우리 섬 전체가 내내 살벌하고 불안한 중이야. 나라의 독립과 상관없이 적어도 제주도 사람들 중에는 아직도 다리 뻗고 편히 잠자는 사람이 없단다. 네 말처럼 우리 섬은 천혜로써 크고 비옥한 땅이 맞아. 하지만 지금 다시 무슨 전쟁 중인지 농토가 불타고 말은 달아나고 사람이 죽어나간단다. 마쓰에, 제주도가 섬이기 때문에 나도 섬 바깥 사정을 자세히 알 수 없어. 다만 우리 섬사람들이 섬 바깥의 사람들 때문에 고통스러워지고 있는 것은 틀림없다."

"아아……, 무서워 성직. 그런데 네가 그 섬으로 큰스님과 함께 갔지만 비구가 되어 올 거란 생각을 나는 꿈에도 하지 못했어. 슈젠지에 모셔져 있는 너의 큰할아버지는 의병대장 신분으로 쯔시마에 오셨지만 원래 학문을 연구했고 나라 관리이셨다고 들었어. 너는 왜 하필 비구가 되기로 결심한 거니?"

"음, 그건 말야……." 성직은 말하기를 멈추고 내 머리 너머로 시선을 옮겼다. 그가 먼 하늘을 응시하였고, 내가 응시하는 그의 맑은 눈동자 속에 흰 구름이 지나 갔다. 마침내 성직은 이렇게 말했다. "세상에 나보다 더 외롭고 고통스러운 사람들이 많다는 것을 알아버렸기 때문이야."

천천히 그러나 분명한 어조로 그렇게 대꾸하는 성직을 바라보다가 나는 이런 생각이 들었다. 그래……. 나는 이름을 두 개나 갖고 고향 섬에서 가족과 함께 살아가고 있지만, 어쩌면 오랜 난리 통에 고아가 되어버린 너보다 더 외롭고 고통스러울지 몰라. 이런 나보다 더욱 외롭고 고통스러운 사람들이 있다는 사실을 깨닫게 되면 나 역시 비구니로 살아야 하는 걸까. 이런 내 생각과 상관없이 성직은 좀 더 현실적이며 논리적인 애기를 보탰다. "그 외로움과 고통을 만드는 게 바로 사람 간의 크고 작은 전쟁인데, 또 전쟁을 만드는 게 다름 아닌 그것들로부터 벗어나고 싶어 하는 사람들이다, 마쓰에.

참 기막힌 노릇이지."

그래…… 다 알면서도 모르는 척 자꾸만 크고 작은
외로움과 고통을 만들며 살아가는 세상 사람들이 성직
이 말마따나 참말로 어리석다. 그리고 나는 다시 밑도
끝도 모를 어두운 생각 속으로 빠져들기 시작했다. 아
무 대꾸 없이 침통한 표정으로 서있는 나를 향해, 성직
이 품속에서 뭔가를 불쑥 꺼내 보이며 말했다. "정혜
야, 이것 봐."

"아, 노리개다!"

"하하, 그래. 네가 줬던 비취노리개다. 아니 이건 섬
소녀 마쓰에가 다른 섬 소년 성직에게로 놓은 마음의
다리 같은 것이지. 나는 이것 덕분에 너와 떨어져 있어
도 외롭지 않았고 고통스럽지 않았어. 하지만 마쓰에,
나는 이것을 아직 네게 돌려주지는 않을 거야. 나보다
더 외롭고 고통스러운 우리 섬사람들에게로 나는 또 돌
아가야 하니까. 하지만 제주도가 평안해지고 내가 다시
쓰시마로 오는 날, 가슴에 이 비취노리개를 품고 있는
나를 네게 송두리째 줄 거다. 마쓰에, 어때? 그때까지
만 나 성직을 믿고 이것을 맡겨둘 수 있지?"

없을 것만 같은 미래에 대하여 유쾌하게 이야기할 수

있는 성직이 나는 좋았다. 그가 다시 내게 새로운 약속을 했고 그것은 다시 내가 삶을 버틸 수 있는 새로운 기운이 될 것 같았다. 그의 이야기를 듣는 동안 나는 점점 표정이 밝아졌고, 마침내 고개를 끄덕였다. "그래, 기다릴게 성직. 그 비취노리개와 함께 반드시 내게로 돌아올 거란 말이지?" 이번엔 그가 크게 고개를 끄덕여 보였다.

수 해전 빗방울 날리던 오봉 날에 제주도 소년과 쯔시마 소녀가 슈젠지에서 만나 함께 등불을 달았던 녹나무 가지 아래서 우리는 약속이라도 한 듯 멈춰 섰다. 아찔한 녹나무 향내가 우리의 기억 속을 파고들며 그 시절에 나누었던 것이 풋풋한 사랑이었노라 속삭이는 것 같았다.

나는 새삼 감격스러워 성직의 옷소매를 움켜잡았다. 정원 여기저기에 앉아있는 돌 불상들이 눈을 감았다. 그와 나는 소년과 소녀처럼 수줍어하며 닿을 듯 말 듯 입술을 맞추고 말았다. 열 두어 살 그때처럼 그에게선 비릿하고 쌉싸름한 풀냄새가 났다.

그리고 이제 지장보살들 곁에 편히 앉아 풍경소리에 귀를 기울이고 있는 성직의 삭발머리를 나는 살며시 보

듣었다. 빠르게 뛰기 시작한 내 뜨거운 심장과는 달리
품속에 들어온 성직의 머리는 차갑고 까슬했다.

　다시 수 해가 지나는 동안 성직의 소식은 쯔시마 섬
에 닿지 않았다. 나는 하루도 빠짐없이 이즈하라 항으
로 나가 섬의 푸른 새벽을 산책했다. 부두에는 밤샘 작
업을 마치고 돌아온 오징어잡이 배들이 감은 눈처럼 집
어등集魚燈을 모두 끈 채 잠들어 있었다. 감빛 바다의
파도만 깨서 내 아득한 그리움처럼 쉼 없이 밀려들었
다. 나는 양 손에 가죽신을 벗어들고 맨발로 해변을 걷
다가 동이 틀 때쯤 바다를 등졌다. 항구 왼쪽으로 나있
는 시멘트 길을 느릿느릿 걸어서 하치만구 신사 앞에
닿으면 나는 발뒤꿈치를 들고 돌계단을 올랐다. 신사
안에 이제는 고인이 되어버린 고모할머니를 포함해 우
글우글 잠들어 있는 귀신들을 깨울까 두려워하면서.
　그러나 신사의 정원에 서있는 청마동상과 마주하면,
내 모든 두려움은 순식간에 사라졌다. 이곳에서 조상신
을 참배 중이던 고모할머니가 흰 치마저고리 차림으로
들어서는 덕혜 옹주를 쫓아내면, 엄마는 이 청마동상

앞에서 홀로 가족을 기다렸다. 자신의 아픈 부위를 만지면 낫게 해준다는 이 푸른 말의 능력을 정말 믿기라도 하는 듯, 엄마는 청마동상의 머리를 쓰다듬다가 가슴 부위를 한참 쓸었다. 덕혜 옹주가 그 가늘고 하얀 손가락을 가지런히 하고 이 청마의 가슴을 가만가만 쓸어내리는 것을 어린 정혜는 돌계단에 쪼그리고 앉아 지켜보며 자랐다.

그랬을 뿐, 쓰시마에 억지로 시집와서 원수의 나라 사람들과 함께 살고 있는 덕혜 옹주의 몸과 마음이 얼마만큼이나 아픈지 다 가늠할 순 없었다. 나는 덕혜의 딸 정혜지만 다케유키의 딸 마쓰에이기도 했으니까. 그저 우리 엄마는 저렇게 내내 머리가 아프고 가슴도 아프구나 싶었다.

그 시절의 덕혜 옹주처럼 나는 하치만구 신사 정원의 푸른 말을 천천히 쓰다듬었다. 엄마 손바닥이 쓸고 갔던 자리에 내 손바닥이 오래 머물렀다. 그리고 저 바다 건너 다른 섬에 있는 성직을 생각하면서, 나는 사람의 가슴이 아프다는 게 어떤 것인지 알고 말았다. 그래서 가슴병을 앓으며 면회가 금지되어 있는 덕혜 옹주까지 문득 그리워졌다. 나는 엄마의 마음과 내 것이 너무 아

프지 않게 해 달라고, 더불어 성직의 마음도 아픈 일이 더 없게 해달라고, 하치만구 신사의 청마동상한테 새벽마다 기도했다. 푸른 말은 온몸에 아침 햇살을 받는 순간 흰 날개옷을 차려입은 듯 눈부셨다. 마쓰에, 간바레(がんばれ) 간바레(がんばれ)! 가슴병 환자가 되어 벌집 같은 병실에 갇히기 전의 덕혜 옹주처럼, 이 눈부신 청마가 나를 격려하는 것 같았다.

"자.이제 그만 일어나라 마쓰에! 겐쇼 스님이 너를 찾고 있단다." 아버지가 큰 소리로 외치며 내 방문을 두드렸던 날, 새벽 산책에서 돌아온 나는 오전까지 죽은 듯 잠들어 있었다. 이즈하라 항에 거대한 여객선이 닿았고, 나는 부두에 나가서 그것을 올려다보며 서있었다. 그때 갑판으로 걸어 나오는 젊은 남자의 모습이 보였다. 그가 성직이라는 것을 알아볼 수 있었던 것은 내가 맡겼던 비취노리개 덕분이었다. 남자는 한 손에 노리개를 들고 있었고 다른 손은 나를 향해 반가운 듯 흔들었다. 삭발머리가 아침햇살을 받는 대로 빛났지만 아무리 눈을 크게 해서 애를 써도 나는 그의 얼굴을 도통 알아볼 수가 없었다. 남자가 뭐라고 외치는 듯 했지만 아무 소리도 들리지 않았다. 성직이니? 거기 배 위에 서있는 게 정말 최성직이 맞는 거니? 나는 손나팔을 만들어서 그렇게 외쳤다. 그러나 남자의 얼굴은 보아도 보이지 않았고 대답하는 목소리 역시 들어도 들리지 않았다. 나는 그만 답답해서 죽을 지경이었다.

"마쓰에, 마쓰에! 해가 중천인데 잠꼬대까지 하며 누워있다니, 쯧!" 마침내 아버지가 몸을 흔들며 깨우지 않았다면, 나는 꿈속에서 그 남자를 알아보기 위해 바닷물 속으로 뛰어들었을지도 몰랐다.

"마쓰에, 겐쇼 스님이 무슨 일인지 너를 다급히 찾는단다. 슈젠지로 속히 가 보거라." 아버지는 겨우 눈 뜬 내게로 그렇게 말한 뒤, 방에서 나가며 혼잣말처럼 중얼거렸다. "해변에 물고기 떼처럼 시신들이 닿은 날 아침이다……."

이게 무슨 소리인가, 해변에 물고기 떼처럼 뭐가 닿았다고? 좁은 길을 숨이 턱에 닿도록 달려서 내가 슈젠지에 닿았을 때, 겐쇼 스님은 목탁을 두드리고 있었다.

"스님!" 내가 불렀지만 돌아보지 않았다. 겐쇼 스님! 나는 다시 큰 소리로 그를 불렀고 그가 이윽고 목탁을 내려놓으며 말했다.

"마쓰에, 들어오너라."

내가 법당에 들어서자마자 겐쇼 스님은 기름종이로 감싼 뭔가를 내밀었다.

"이것이 뭐예요?"

그가 대답했다. "이른 아침에 장례염불 드릴 일이 생겨서 해변에 다녀왔다. 영가靈駕를 위로하다가 눈에 익은 물건이 보여서 이렇게 챙겨왔단다. 마쓰에, 그건 네 것이 아니었더냐."

나는 까닭 모르게 떨리는 손으로 그것을 받아들었다. 그리고 여전히 떨리는 손가락으로 천천히 종이를 풀었다. 아아, 비취노리개였다. 이것은, 이것을…… 나는 겐쇼 스님에게 뭐라고 묻고 싶었지만 차마 묻지 못한 채 노리개를 꽉 움켜쥐었다.

겐쇼가 나직이 다시 말했다. "그것을 언제 네가 성직에게 주었더냐. 유품처럼 쓰시마로 돌아왔구나. 눈도 감지 못한 채 그것을 가슴 깊숙이 품고 쓰시마 섬으로 온 애통한 성직이다. 여기가 그 마음의 고향인 듯 하니 부디 극락왕생을 빌어주렴."

해변에 물고기 떼처럼 시신들이 닿은 날 아침이다. 나는 아버지가 중얼거렸던 말소리를 떠올렸고 급작 눈앞이 흐려왔다. 어떻게, 어떻게 그런 일이…… 말문이

막혀버려 웅얼대고만 있는 나를 바라보다 겐쇼 스님은 이렇게 덧붙였다.

"이웃나라의 제주도에 난리가 났다더니 정말 그런가 보다. 마쓰에, 굶주리고 병든 제주도 사람들이 총알구멍이 난 시신으로 바다를 떠돌다가 해류를 타고 쓰시마에 닿았다. 하늘의 뜻이라 여겨야 하지 않겠느냐."

하늘의 뜻이라니요, 이럴 수는 없어요 겐쇼 스님……. 그러나 입만 벙긋댔을 뿐 내 목소리는 바깥으로 나오지 않았다. 겐쇼가 다시 말했다.

"그들 중에 성직도 있었다. 전부 얼굴을 알아보기가 힘들었으나 한 구의 비구 시신에서 그 노리개가 나왔단다. 이즈하라 어부들이 시신들을 수습하는 동안 나는 내내 장례염불하였다. 그들이 한꺼번에 편히 누울 자리를 정원이 가장 너른 태평사에서 마련하고 있단다. 이웃나라 영가들을 위해 지금부터 49재까지 나는 거기를 다니며 그야말로 바쁘겠다. 마쓰에, 이제 그만 집으로 돌아가거라."

나는 법당 바깥으로 나왔지만 뺨을 타고 쉼 없이 흘러내리는 눈물을 닦을 생각을 하지 못한 채 녹나무 향내가 짙은 슈젠지 정원을 이리저리 헤매며 다녔다. 어머나라 쪽에서 불어오는 바람이 법당 처마마다 매달려있는 풍경을 흔들기 시작했다. 그 바람이 자꾸 풍경을 흔드는 대로 허공에서 헤엄치던 물고기가 마침내 꽃염불을 흥얼거리기 시작했다.

어서가자 어서 나가자 극락세계 어서가자 아헤 헤엥 허잉 허야 얼럴럴거리고 가자가자 어서가자 노세 놀아 젊어서 놀아 늙어서 병이 들면 못 노느라 황천길이 얼마나 멀어 입던 옷은 다 벗어 두어 산에 올라 옥을 캐니 이름에 좋아서 산옥이라 세월아 네월아 가지를 마라 아까운 청춘이 다 늙어가네 인생한번 죽어지면 세상만사가 허사로다 청춘이 늙어 백발이 되고 병드니 부르는 건 어머니라 등장 가자 등장을 가자 하느님 전에다 등장 가자 우리가 살면 몇 백 년 사나 막상 살아야 반백년이라 저승길이 멀다 해도 창문 바깥이 저승이라 몸은 비록 죽었으나 영혼만치는 살아있다 저 산 천지가 넓다고 해도 이내 몸 묻힐 곳이 한 곳도 없네 천년만년 살을 집을 석곽에다 지어간다

물고기의 꽃염불 소리가 법당에 앉아있는 겐쇼 스님에게도 들렸는지 어느새 그가 다시 목탁을 두드리기 시

작했다. 슈젠지 정원에서 마쓰에와 성직의 인연을 오래 살펴었던 돌 불상들 눈에서는 흰 모래가 흩날렸다. 그 모래바람은 마냥 차갑고 까슬하게 와 닿아, 내가 품에 안았던 청년 성직의 삭발머리를 떠올리게 했다. 삶과 죽음의 길은 여기 있으려나 있을 수 없어 나는 간다는 말씀도 이르지 못하고 가버리는가. 나는 그만 정원의 녹나무 아래서 영영 그를 기다리는 망부석이 되고 싶었다.

4
이도 저도 아니라면 나는 본래 누구인가

오징어잡이 배에 나를 순식간에 태웠던 큰 손의 임자
는 무관이었다. 제 소개를 하는 그의 입에서 어머니나
라의 말이 나왔기에 나도 서툴게나마 어머니나라 말로
응했다.

"마쓰에 아니, 덕혜 옹주의 따님 정혜씨가 맞지요, 나
는 제주도 산방산 산방사山房寺에서 온 무관이라고 합
니다."

"예, 산방사가 제주도 사찰인가 봅니다. 거기에 내가
아는 사람이 없습니다만……."

"정혜씨가 몰라도 우리는 다 압니다. 나를 이즈하라 항으로 보낸 건 오래 전에 정혜씨의 어머니이신 덕혜옹주를 대궐에서 보살폈던 변상궁이에요."

아……, 변상궁이라면……. 그렇다, 어머니가 정혜의 색동저고리를 지으며 조국으로 살아 돌아가 다시 만날 수 있을까 오매불망했던 분이다.

"이렇게 나를 쯔시마로 보내서 정혜씨를 무사히 데려오라 한 건 그분이지만, 내가 정혜씨를 알게 된 건 성직을 통해서 먼저입니다."

무관의 입에서 성직이라는 이름을 듣자 나는 숨이 멎는 것 같았다. "지금 성직이라고 하셨습니까?"

"그렇습니다. 나는 성직과 함께 산방사에서 형제처럼 자랐소."

그러고 보니 무관의 머리카락이 없었다. 어둠 속에서 파르스름한 빛을 내는 그의 머리가 성직의 모습과 다르지 않았다. "그렇다면 무관은 산방사 스님입니까."

"아니오, 일신이 미천하여 내내 산방사의 행자일 뿐입니다. 일찍이 비구는 용감하고 따뜻한 성직이었죠."

"용감하고 따뜻한……." 나는 무관의 말끝을 따라잡다가 기어이 눈물을 쏟고 말았다. 그런 사람 성직이 비취노리개와 함께 송두리째 내게로 돌아왔을 때, 나는 꿈속에서조차 그의 얼굴을 알아볼 수 없었고 그는 아무 소리도 내지 못했다. 그 사람은 총구멍이 난 채로 싸늘한 시신의 모습이었다고 하지 않았던가. 겐쇼 스님으로부터 마쓰에가 전해 들었던 최후의 성직 모습과 그가 죽어서까지 품고 돌아온 비취노리개를 떠올리며, 나는 그만 오열하기 시작했다.

무관이 가만히 내 어깨를 두드리며 진정시키고자 했다. "정혜씨 이제 그만 울어요. 성직은 오매불망 쓰시마에 두고 온 정혜씨를 그렸습니다." 그렇게 말하며 무관은 보따리 속에서 낡은 공책 한 권을 꺼내서 내게 건네주었다. 그리고 덧붙여 말했다. "성직은 가고 없지만, 그가 새긴 시편들이 여기에 남았습니다."

산방산 봉우리가 높이 솟아
기암괴석에 숨은 새와 이상한 짐승
저 소나무에 이는 바람과 바위에 달그림자
이럴 때면 차가운 마음과 거룩한 뜻으로
석가모니불이 바로잡은 공을 생각해야 하거늘
파도가 일지 않아 더 까마득한 제주도 밤바다

다른 섬이 그리워 나는 까맣게 흐느끼네.

　"아아, 무관님. 저는 그저 성직이 한라산 어느 기슭에 살고 있을 거라 여겨왔어요. 제주도를 가 본 적이 없고 그로부터 들었던 아주 높은 그 산이 그 섬을 상징하니까요. 하기사 성직은 내 어머니나라의 섬에서 온 또 다른 나와 같았지요, 그가 어디에 있건 내가 사는 쓰시마가 아니라면 내게는 똑같이 까마득한 타지他地이고 오지奧地일 뿐입니다." 이렇게 말하고 나니 성직이 공책에 새긴 까마득한 그리움이 내 것과 같은 것이었구나 싶어, 나도 그처럼 까맣게 흐느끼기 시작했다.

　무관은 잠시 침묵했다가 다시 입을 열었다. "예, 정혜 씨 이해가 갑니다. 그런데 산방산이 한라산이기도 합니다. 애당초 산방산은 한라산의 꼭대기였다고 합니다. 무슨 생각인지 하느님이 한라산 꼭대기를 뽑아 내던진 것이 산방산이 되었고, 산방산 있던 원 자리에 물이 차올라 그 산에는 백록담이 생긴 것이라 하니 두 산의 뿌리가 다르지 않습니다. 덕분에 한라산 바깥에는 명산이 하나 더 생겼고 한라산 꼭대기에서부터 섬사람들의 목을 축이는 약수가 흘러넘치니, 이것은 사람에게 지극하

신 하늘의 뜻일 겁니다. 내 형제와 같은 성직은 내 문우
文友이기도 합니다. 나는 산문을 씁니다만, 그의 시심詩
心에 늘 감복 했었죠. 그것의 발원에 대해 물었을 때 성
직은 정혜씨 이야기를 했습니다."

　마당에 찾아와 넘어다보는 달빛아 정원에도 찾아가 넘
어다볼까
　내 마음 산방사 약수로 목을 축이고 저 슈젠지 청동줄에
까지 닿아볼까
　제주도 푸른 밤이 쯔시마 푸른 밤 같아 어린 날의 우리
약속은 깊어가네.

"성직의 마음은 이처럼 산방사 절마당과 슈젠지 절정
원을 달빛처럼 넘나들었습니다. 소년 성직이 쯔시마 섬
슈젠지에 모셔져 있는 조상님 영정에 인사 갔다가 정원
에서 만났던 소녀 마쓰에 이야기를 내게 들려줬습니다.
그는 비구였지만 마쓰에 아니 정혜씨와 함께 살고 싶어
했어요. 대처승[1]으로 떳떳이 살기 위해서 하루라도 빨

---

1) 불교의 남자 승려 중 결혼하여 아내와 가정을 둔 사람을 가리킨다. 한국에서
는 기혼 승려를 허용하는 대처승의 전통이 없었으나 일제 강점기에 들어서 대처
승이 흔한 일본 불교의 영향으로 크게 늘어났다.

리 제주도를 떠나 쓰시마로 가야겠다는 말을 내게 자주
했습니다. 마쓰에가 살고 있는 쓰시마와는 달리, 우리
섬에서는 대처승이 비구 대접을 잘 못 받습니다."

　　금이야 옥이야 공주야 노리개야
　　약수에 담궈 유리광이 다듬었나
　　오만가지 상념에 오만가지 화답이며 위로가 되니
　　석가모니불께서 마침내 높이 드셨던 연꽃과 같으네

　성직의 시를 나와 함께 더듬다가 무관은 고개를 갸우
뚱 했다. "그런데 정혜씨, 나는 여기 이 글만큼은 아무
리 읽어도 잘 모르겠어요." 내가 다시 공책을 들여다보
는 동안 조용히 곁눈질만 하며 앉았던 무관은 또 이렇
게 말했다. "공주의 노리개가 유리광[2]의 약수와 같고
석가모니의 연꽃과도 같다는 의미인 듯한데, 어째서 성
직이 이런 생각을 하며 시를 썼는지 알 수 없습니다."
　"예, 저는 압니다. 공주의 노리개는 내가 성직의 무탈
을 기원하며 그에게 맡겼던 비취노리개를 뜻합니다. 그

---

2) 〈불교〉 약사여래. 중생의 질병을 치료하고 재앙을 없애며 현세의 복락을 이루
게 하는 부처. '약사유리광여래藥師琉璃光如來' '대의왕불大醫王佛' 이라고도 한다.

것은 어머니이신 덕혜 옹주께서 내 어렸을 적에 잃어버리지 말라 하시며 쥐어주셨던 물건입니다." 나는 그렇게 답했고 호주머니 속 비취노리개를 꺼내서 무관에게 보였다.

"오, 과연 그리 귀한 것이 세상에 있었군요. 어이구, 성직 이 사람아! 오오, 현묘玄妙한 사람 같으니라고. 그래 더 안타까운 사람 같으니라고." 무관이 노리개를 들여다보며 그리 탄식했다.

내가 무관에게로 덧붙였다. "성직은 바깥에서 낯선 사람들이 한라산으로 잔뜩 들어와 제주도가 위험하다고 했습니다. 나는 위험한 섬으로 다시 가야한다는 성직에게 이것을 맡겼고, 비취노리개가 그를 지켜줄 것이라 굳게 믿었습니다. 이 속에는 내 어머니 적부터 대물림된 아름다운 추억과 간절한 기원이 깃들어 있으니까요." 여기까지 그를 향해 단숨에 말했지만 남은 말은 목이 메어 띄엄띄엄 겨우 했다. "이것을 내게 돌려주러……, 영영 송두리째 오겠다던 성직은……, 우리의 약속을 잊었는지 어쨌는지……, 영영 송두리째……, 가버렸습니다."

"아닙니다!" 무관의 목소리가 커졌다. "정혜씨, 성직은 아무것도 잊지 않았소, 그는 약속을 잊거나 지키지 않을 위인이 못 됩니다. 우리 섬 제주도에 끔찍한 전쟁이 있었습니다. 세계의 전쟁은 진즉 끝난 것 같지만, 한라산에 봉홧불이 부처님 오신 날의 등불행렬보다 더 훤하게 타올랐던 날 밤부터 제주도는 내내 전쟁터였습니다." 외치듯 그리 말하고도 무관은 심정 답답한 듯 몸을 움직여서 내가 들고 있는 성직의 공책을 거칠게 뒤적였다.

제주도 오름의 돌멩이야 뜨거운 국에서 건져낸 선지덩이 같아

피 속에 공기방울들이 만들어낸 이 작은 구멍에서는 구원처럼

어떤 휘파람 소리도 들리지 않는다. 펄펄 끓어 넘칠 뿐

아무가 불 끄지 않으니 어떤 아침이 또 있겠는가.

그리고 무관은 중얼거렸다. "새벽마다 제주도 오름에 올라서 성직은 구멍이 숭숭 뚫린 돌멩이들을 보았어요. 그 검은 덩어리들을 보며, 영문도 모르는 전쟁으로 몸에 총구멍이 나고 피 흘리며 죽어가는 불쌍한 제주도

사람들의 운명을 이렇게 탄식한 겁니다. 본토로부터 뚝 떨어져 아무에게 비명소리조차 들릴 리 만무한 제주 섬의 비극! 그런 어둠 속을 살아내면서 성직은 구원과 희망을 끝없이 고민했던 겁니다."

나는 잠자코 무관의 말을 들으며 충혈된 눈으로 성직의 다른 시편을 또 더듬었다.

삼나무 사이를 지나는 바람 소리에
죽어가는 사람들의 신음이 묻혀있고
그들이 흘린 검붉은 피는
들꽃의 몸을 빌려 흰 빛으로 바뀌었네.

그러는 동안에 무관이 다시 말했다. "전쟁이라 하면 적군이 있고 아군이 있는 법이거늘 성직은 그것에 대하여 묻지도 따지지도 않았습니다. 큰스님과 내가 아무리 뜯어말려도 그는 식량과 구급약통을 들고 기어이 한라산으로 들어갔습니다. 마침내 그가 산중의 굶주리고 병든 사람들을 설득해서 산방사 근처 사계리 마을까지 데리고 내려온 날 밤, 섬 바깥에서 낯선 사람들이 또 들이닥쳤어요. 그리고 곧바로 사계리는 아수라장이 되어버렸습니다. 순식간에 마을이 불탔고, 그 낯선 사람들은 비구인 성직을 비롯해서 남녀노소를 향해 가리지 않고 총알을 갈겼어요. 선지처럼 구멍이 나버린 사람들의 몸에서 솟구치는 뜨거운 피가 굳기도 전에, 그들은 모두 바다에 던져졌습니다."

그렇게 기막힌 사연을 품고 있는 피비린내 나는 바다가 지금의 이 바다라고? 도저히 믿을 수 없을 만큼 아침바다는 싱그러웠다. 뱃전에 와서 부딪히는 푸른 파도를 하얗게 가르며 나아가는 이 작은 오징어잡이 배에게로 대해는 끝없이 신심환희信心歡喜[3]를 설법 하는 것 같았다. 해서 무관이 쏟아내고 있는 어머니나라 제주 섬의 난리 이야기는 망망대해를 떠다니는 허구처럼 들렸다. 그러나 이미 죽은 성직뿐만 아니라 살아 아픈 덕혜 이야기까지 그의 입에서 쏟아졌을 때, 나는 눈앞의 이 눈부신 환희가 곧 다함없는 고통일 수 있음을 깨달아야 했다.

"정혜씨, 우리나라가 독립을 했으니 어머니이신 덕혜 옹주께서 응당 귀국을 하셔야 하겠지만, 결코 쉽지는

---

3) 〈불교〉 아미타불의 구원을 조금도 의심치 아니하고 믿어서, 극락에 왕생할 수 있음을 기뻐함.

않을 것 같습니다. 지금 본토는 조국이 같아도 인식이 서로 다른 사람들로 여전히 전쟁 중입니다. 우리가 본래 대접에 담긴 맑은 물이었다면 지금 그 대접 속의 물이 두 개의 색깔 다른 종지에 나눠 담긴 형국입니다. 두 개의 종지 속에서 물은 각각 화산 폭발 직전의 마그마처럼 들끓고 있지만 어느 쪽에도 덕혜 옹주에 대한 기억은 없는 듯합니다."

무관은 그렇게 얘기 하다가 심정이 답답한 듯, 두 손으로 없는 머리카락을 쓸어 넘기는 시늉을 거듭 했다. 그리고 또 말했다.

"정혜씨, 지금은 이렇게 개인의 역사란 있을 수 없는 시절입니다. 이런 시절이기에 패전국의 섬 쓰시마에서 다케유키 백작은 병든 부인보다는 어린 딸의 창창해야 하는 내일이 더 걱정되었을 겁니다. 마침내 결심을 굳힌 그 분이 덕혜 옹주의 유모였던 내 어머니를 찾아내서 몰래 사람을 보내왔고, 내 어머니 변상궁은 목숨을 걸고서라도 정혜씨를 산방사로 데려오라고 이렇게 나를 쓰시마 섬으로 보낸 겁니다."

이즈하라 항에서 나를 태우자마자 다급히 출발해온

오징어잡이 배로부터 우리가 내려선 곳은 어머니나라 섬이 아니었다. 이제 나는 중천에 뜬 햇살에 눈부셔 하며 무관에게 한쪽 손을 잡힌 채 통나무배 바닥을 밟고 서서 몸을 떨었다.

"정혜씨, 불안해하지 말아요. 이것은 '테우'라는 제주도 배입니다. 우리가 다케유키 백작의 오징어잡이 배를 타고서 산방산 산방사까지 오를 수야 없잖습니까." 그렇게 너스레까지 떨며, 무관은 나를 안심시키려 애썼다. "우리가 갈아탄 이 테우가 쇠소깍 선착장에 닿으면 두 발로 힘차게 정혜씨의 어머니나라 섬을 딛고 산방산에 같이 오릅시다."

뗏목 같은 통나무배가 호수처럼 잔잔한 쇠소깍 수면에 미끄러지며 나아갔다. 이름부터 기이하게 들리는 쇠소깍은 바닷물과 강물이 수없이 재회하며 흘리는 기쁨의 눈물로 만들어진 거대한 웅덩이였다. 갯내가 엷어지는 대로 배 멀미는 물론 불안도 가시기 시작했다. 테우는 평온하게 선착장에 닿았고, 마침내 나는 무관의 부축을 받으며 어머니나라 땅에 내려섰다.

아아, 또 다른 나와 같다 여긴 성직이 살았던 섬이다, 이곳의 검은 모래밭에 발을 딛자마자 나는 이즈하라 해변에서 그랬듯 가죽신을 벗었다. 차갑고 까슬한 모래 감촉이 맨발에 닿는 대로, 진즉 눈물이 말라버린 줄 알았던 내 두 눈 속에 다시 물이 차올랐다. 무관으로부터 전해들은 이 섬의 난리 이야기 때문일까, 흐린 시야에 들어오는 제주도의 검은 바위들은 새카맣게 속이 타들어가다 숭숭 구멍이 나버린 사람들의 심장 같아 보였다. 한라산 꼭대기 자리를 백록담한테 양보하고 바깥으로 내려앉은 삼방산 쪽으로, 나는 무관을 따라 발걸음을 옮겼다.

산방사는 쓰시마 섬의 슈젠지보다 훨씬 큰 절이었다. 내가 소녀 적에 뵈었던 큰스님은 출타 중이었다. 어머니나라의 제주도에서 오셨으니 인사 올리라고, 산방사 큰스님 앞에 처음 마쓰에를 소개했던 겐쇼 스님께 그러고 보니 나는 작별인사도 드리지 못하고 떠나왔다. 겐쇼는 지금 슈젠지를 비워둔 채 너른 태평사 정원으로 가서 죽은 물고기 떼처럼 닿은 이들을 위해 염불하고 있을 거다. 망망대해를 떠돌다 해류를 타고 이즈하라 해변에 닿은 제주도 영가들을 위해 목탁을 두드리고 있을 테다. 총구멍 난 그네들 몸에 행여 시린 바람까지 들라, 어쩌면 태평사 정원의 지장보살들은 제주도 영가들이 춥지 않게끔 제가 두르고 있던 앞치마며 턱받이 끈을 한꺼번에 풀고 있을지 모른다.

풍경은 똑같네. 그렇게 소년 성직이 말했던 대로 산방사 법당 처마에 매달려 있는 풍경에서도 슈젠지에서처럼 맑은 종소리가 났다. 그 장단에 춤이라도 추듯 물고기가 허공을 헤엄 치고 있는 것까지 다르지 않았다. 그러나 크고 작은 돌 불상들이 무덤을 지키는 슈젠지의 정원과는 달리 산방사 마당에는 오층 석탑이 단아한 자태로 서있을 뿐, 아무데도 죽은 이의 흔적 같은 것은 보이지 않았다. 무관은 빠른 걸음으로 그 탑을 지나 산방사 산신각으로 나를 안내했다.

불상이 앉은 대신 탱화幀畵가 걸린 작은 방 문이 활짝 열려 있었다. 그림 속에 뭉게뭉게 꽃구름이 피었고 하늘에는 일곱 아미타불이 어떤 중생을 마중 나왔다. 그런 줄 모르고 세상에서 중생들은 북과 장구를 치며 질펀하게 놀이 중이고, 그림 맨 아래 펼쳐진 불바다는 그야말로 아귀지옥 같아 고통 받는 이들의 비명소리가 그림 밖으로 새어나올 것만 같았다. 그러니까 죄 짓고 죽은 이들은 저 탱화 속 밑바닥에 갇혀서 세상과 하늘의 구원을 기다리고 있는 중이었다.

그림 아래 차려진 소반 위에는 가늘고 푸른 연기를 내는 향로와 맑은 물로 채운 흰 그릇이 놓여있었다. 그 소반 앞에 엎드렸다가 일어서기를 반복하고 있는 체구 작은 여인을 무관이 불렀다.

"어머니!"

하얀 치마저고리 차림의 그녀가 조용히 돌아보았다. 뒷모습보다 더욱 가냘프고 창백한 얼굴의 늙은 여인이었다.

"애 많이 쓰시었소." 그렇게 말한 뒤 여인은 댓돌 위로 내려서며 흰 고무신 속에 발을 집어넣었다. 이윽고 절 마당에 내려선 여인이 내 얼굴을 들여다보며 말했다.

"우리가 덕혜 옹주님을 쯔시마 섬으로 떠나보낼 때 모습 그대롭니다. 어머님이 정혜라고 이름 지어 주셨다지요."

예, 어머니는 최고의 요리솜씨와 바느질솜씨를 가진 변상궁을 오매불망해 하셨습니다. 나는 그렇게 말하고 싶었지만 아무 대답을 하지 못한 채, 호주머니 속에서 비취노리개를 꺼내 변상궁에게 보였다. 그녀의 떨리는 두 손이 그것에 닿을 듯 말 듯 노리개를 잡는 시늉을 하는가 싶더니 곧 저고리 소매 속에서 가제 수건을 꺼내 눈에 갖다 댔다.

여인은 다시 조용한 목소리로 내게 말했다. "그것을 덕혜 아기씨의 치마 겉자락 끈에 아침마다 내가 걸어드렸습니다. 이렇게 어머님보다 먼저 이 땅을 무사히 밟으셨으니까 이제는 또 덕혜 옹주님을 무슨 수를 써서든 고국으로 모셔와야지요. 다케유키 백작으로부터 정혜 아기씨 어머님은 심신이 쇠약한 중이라 들어 우리의 걱정이 깊습니다." 그리고 변상궁은 무관을 향해 말했다. "어서 정혜 아기씨를 성직이 쓰던 방으로 모시게. 그간 심신에 쌓인 피로를 풀어야 할 것이오."

무관을 따라 산방사 산신각을 돌아 나는 성직이 기거했던 작은 암자 앞에 닿았다. 마침내 댓돌을 밟고 그의 방에 오르려하니 두 다리가 병자처럼 떨려왔다. 굳게 닫혀 있던 방문이 열리자마자 그 안에서 비릿하고 쌉싸름한 풀냄새가 풍겨 나왔다. 내가 아는 소년 성직의 냄새였고 청년 성직의 냄새였다. 그가 직접 만들어서 오래 사용했다고 하는 고목나무 책상 위에, 나는 오징어잡이 배 안에서 줄곧 들여다보았던 성직의 시집 같은 공책을 내려놓았다. 그리고 풀냄새가 짙게 밴 그의 오동나무 목침을 베고 눕자마자 까무러치듯 잠들어버렸다.

눈 뜨기 싫었다. 눈 감은 채 선명히 보는 것은 어머니와 성직이었다. 어머니는 파도가 높게 일어서는 이즈하라 항구에 서서 고향이 있는 쪽 바다를 위태롭게 바라보고 있었고, 성직은 파도가 부서지는 서귀포 해변에 앉아 쓰시마가 있는 쪽 바다를 하염없이 바라보고 있었다. 나는 비취노리개를 꼭 쥔 채, 감은 눈을 그들에게로 맞추려 용을 썼다. 눈 뜨는 순간 병든 어머니는 다른 섬 사람이 되며 죽은 성직은 다른 세상 사람이 될 것이다. 적막 속에서, 나는 홀로 되지 않으려 감은 눈을 뜨지 않았다.

아흐레째 되는 날, 의식은 가물거리다 점차 흐려왔다. 누군가 방으로 들어서는 기척이 나더니 굳게 감은 내 눈앞이 더 캄캄해지는 듯했다. 꺼질 것 같은 의식을 붙잡고 거기 누구냐고 묻고 싶었지만 감은 눈만큼이나 굳게 닫힌 내 입술도 옴짝달싹 하지 않았다.

그 누군가의 차가운 손이 누운 내 어깨를 붙잡고 흔들다가 뺨에 와 닿았다. 그 손은 오징어잡이 배에서 불쑥 나왔던 것처럼 억세고 왁살스러웠다. 내 양쪽 뺨을 두드리며 무관이 말하기 시작했다. "그만 일어나요, 마쓰에! 살아야 해요, 아니 걸어야 합니다. 한쪽 발은 현실에 다른 쪽 발은 꿈에 걸치고서 여보란 듯 씩씩하게 걸어보란 말입니다. 아니, 한쪽 발은 세상에 다른 쪽 발은 하늘에 걸치고서 우리는 사람으로 났으니 무조건 걸어야 합니다."

아, 이것은 아침마다 쓰시마 섬에서 마쓰에를 깨웠던 다케유키 백작의 목소리와 일정 부분 닮아있다. "정혜 씨, 우린 신도 아니고 미물도 아니에요, 우리는 어쩔 수 없이 사람으로 났잖아요." 그러나 사람이기를 포기한 존재처럼 나는 여전히 눈을 감고 입술도 닫은 채 와불 臥佛처럼 누운 자리를 지켰다. 무관은 이제 큰 소리를 냈다. "자, 이제 그만 일어나 마쓰에. 제발 일어나라 정 혜! 성직이 다 못살고 간 이 생까지 그가 사랑하는 그 대 것이길……."

그리고 곧 무관이 외침처럼 쏟아 붓는 산방산 약수가 내 얼굴을 적시고 목덜미를 타고 흐르다 가슴팍까지 적 셨다. 가물거리는 의식 속임에도 불구하고 나는 마음이 아파왔다, 그러니까 심신이 죄다 고통스러운 중이었다. 어쩌면 우리는 늘 이래 크고 작은 고통 한가운데 서있 을까……, 내 어머니 덕혜께 또 내 사랑 성직에게도 이 고통이란 것이 남아있을까. 아니, 지금 덕혜는 제 정신을 놓아 그저 자유롭고 성직은 이미 제 목숨을 잃어 이 세상을 초월했다. 이 소름 돋는 고통이란 오직 이 세상에 온전한 정신으로 살아있는 자의 특권 같은 것일 뿐이다.

그래 마쓰에 아니 정혜야……, 나는 아직 사람으로 온전히 살아있구나. 이 생명이란 것은 무엇인가, 저 미지의 것으로 영영 살아있던 것이 육신과 인연하게 되어 세상에 일생이라는 잠시잠깐의 형상으로 드러나 보이는 것일 뿐이다. 그렇기에 미쳐야 사는 덕혜도 죽어서 사는 성직도 그 미지의 생명이 다하지는 않은 것이다. 눈앞에 파도는 나타나고 사라지며 생멸하지만 그 근원인 바닷물은 영영 그대로인 것처럼 말이다.

마쓰에로 또 정혜로 나는 파도처럼 잠시잠깐 몰려왔다. 그렇게 이름과 모습을 빌어 세상에 드러난 '나'는 바다와 같은 본래의 내가 맞는가? 아니라면 그 미지의 생명—내 안의 나—에게 거푸 물어야만 한다. 나는 마쓰에입니까, 정혜입니까, 이도 저도 아니라면 본래 '누구'입니까.

나는 누구로 살아야 문득 드러난 이생을 미치지 않고 죽지 않을 만큼의 고통으로 살아갈 수 있습니까. 마침내 나는 감았던 두 눈을 떴다. 그리고 입술을 열어 웅얼거렸다. "나는……, 나는 본래 누구란 말입니까……?"

그런 내 모습에, 무관이 들고 있던 약수 바가지를 내려놓으며 풀썩 주저앉았다. 석양은 성직이 기거했던 내 방안에 빛으로 들며, 바닥에 절마당의 탑 그림자를 점점 짙게 그리고 있었다.

(진흙탕에 못다 핀 꽃들까지 다시 피울지 모를 그대 연화여……)

5
나는 살아있음으로 여전히 자유롭다

나는 쯔시마 섬에서처럼 제주도를 산책하기 시작했다. 슈젠지 사찰에서부터 이즈하라 해변까지의 산책길처럼 산방사에서부터 산방산자락에 둘러싸인 사계리 입구까지 나있는 길을 천천히 걸으며, 매일 아침을 열었다.

시야에 들어오는 풍경마다 낯설게 느껴졌지만 사계리 마을의 기름진 논밭에 젖줄이 되고 있는 너른 저수지 주변에 다다르면, 비릿하고 쌉싸름한 성직의 냄새가 짙게 풍겼다. 그 저수지 수면을 빈틈없이 덮고 있는 물

옥잠과 부용 사이로 마침내 백련이 수줍게 고개를 내밀던 날 아침, 나는 저도 모르게 빙그레 반가운 웃음을 짓고 말았다.

밤새 내린 비로 두 장의 꽃잎만 우선 열린 까닭이야 아직 못다 핀 저 백련 속에 숨어있는 게야. 남은 꽃잎들이 저절로 다 열리기 전에 사람이 미루어 알 수 있고 할 수 있는 것이 도대체 무어야. 나는 그런 생각을 하며 백련지 한가운데를 가로지르는 가느다란 돌다리 위에 성큼 발을 내디뎠다. 그러나 백련이 피어있는 진흙탕 한가운데 닿기까지 내 발걸음은 점점 조심스러워져 심장이 뛰기까지 했다.

팔을 뻗어 키 큰 줄기의 연잎 한 장을 손가락으로 건드렸다. 부용에 담겼던 물방울들이 또르륵 굴러 키 낮은 연잎 위로 자리를 옮겼다. 나는 다시 키 낮은 연잎을 톡 건드렸다. 허나 부용은 부용이고 물방울은 물방울이다. 연잎은 제 그릇에서 다른 그릇으로 물방울들이 담긴 자리를 옮겨줄 뿐, 본래의 물방울에는 아무 변함이 없었다.

내 마음 밭이야 가랑비에도 젖기 일쑤인데 연꽃 밭은 밤새 내린 비에도 하나 젖지 않으니, 저수지 흙탕물은 흙탕물이고 연꽃은 연꽃이다. 슈젠지 처마 밑에 쪼그리고 앉아 빗방울에 젖지 않는 것은 돌불상과 나 뿐인 것 같다고 생각했던 소녀 적의 어느 날이 문득 떠올라, 나는 그만 몸서리를 치고 말았다. 바로 그날, 예보 없이 내렸던 비처럼 불쑥 제주도에서 한 소년이 왔었고 우리는 정원을 함께 거닐었으며 내가 그의 빗방울에 젖은 이마를 닦아주지 않았던가.

다시 만났을 때 그는 소년이 아니라 비구 성직으로 변화해있었다. 이즈하라 해변에 물고기 떼처럼 시신들이 닿은 날 이후에 나는 그를 더 이상 만나지 못한 것만 같지만, 아니다. 내가 그에게 맡겼던 비취노리개가 돌아왔고 나는 그것을 성직이라 여기며 살아왔다.

절반의 삶을 이즈하라 해변에 내려놓으며 마쓰에가 죽어버리고 정혜로 살고자 했을 때, 그는 또 시집 같은 낡은 공책 한 권으로 나와 함께 오징어잡이 배를 타고 있지 않았던가. 마침내 정혜가 산방산에 들자 성직은 제 암자와 오동나무 책상을 선뜻 내게로 내줬고, 내가 그 방에서 죽을 듯이 아흐레를 앓는 동안엔 비릿하고 쌉싸름한 풀냄새가 풍기는 목침으로 그도 나를 따라 누워있었다.

한 소년이었다가 비구 성직이다가 비취노리개였다가 시詩이다가 암자였다가 책상이다가 목침으로 변화해도, 그 모든 존재들은 나에게 '그'였다. 그런 그를 변화하게 하는 것이 오직 내 마음의 작용에 달린 것이라면, 성직의 삶과 죽음을 가르는 순간이 어찌 이 세상 사람들의 몫일 수 있단 말인가.

그가 어디서 나기라도 났든가, 그가 언제 죽기라도 죽었든가. 성직처럼 나도 삶과 죽음의 환상을 가로지르며 변화하기를 두려워하지 않으리라. 더 이상 죽은 마쓰에를 측은해 하지 말 것이며 살아있는 정혜에게 집착하지 않으리라. 거기까지 생각이 미치는 찰나, 온 세상이 뒤집어지는 순간 같았다. 마침내 진흙탕에 연꽃 한 송이로 살고자 나는 마음먹었다.

산방사로 돌아오니 큰스님은 아침공양을 마치자마자 금당에 들어있었다. 목탁소리가 멎을 때까지 마당에 한참을 서있다가, 나는 더 기다리지 못해 댓돌 위에 냉큼 고무신을 벗어두고 큰스님 뒤로 가서 단정히 앉았다. 지그시 눈을 감은 채 큰스님의 염불 소리를 들으며 앉아계시던 석가모니불이 내 기척을 먼저 알아채고 엷게 미소 지었다. 꼭 반기는 것 같았다. 해서 용기 내어 아뢰었다.

"제가 살아온 스무 해 남짓한 생이 하루살이의 일생이 되는 오늘이고 싶습니다." 나는 그렇게 입술을 달싹거렸다. 큰스님의 염불 목탁소리가 뚝 멎었다.

"저는 부모님께 각각 받았던 마쓰에와 정혜라는 두 개의 이름을 다 버리겠습니다. 버리지 않는다면 아버지나라와 어머니나라의 관계에 대한 원망과 이생을 떠난 성직에 대한 그리움으로 몸과 마음이 점점 더 병들어 갈 것입니다. 처자를 버리고 쓰시마를 떠나버린 아버지 다케유키 백작의 삶과 조국으로부터 버림받고 제 정신을 놓아버린 어머니 덕혜 옹주의 삶으로부터, 저는 그만 벗어날 것입니다. 세상에 몸과 마음이 나보다 더 외롭고 아픈 사람들을 찾아다니면서 그들과 함께 세상을 살아내겠습니다. 두 개의 이름을 버리며 살아서 이래 두 번 죽으니 죽어서 영영 살 수 있는 새 이름을 받고 싶습니다."

큰스님이 목탁을 손에 든 채 돌아보았다. 나는 앉았던 자리에서 조용히 일어났고 두 손을 모아 큰 절을 올렸다. 언뜻 석가모니불의 맑은 눈동자를 본 것만 같아 잠시 내 눈이 커졌지만, 절을 마치고 서서 다시 올려다 보니 그 눈을 감았는지 떴는지 알 수 없었다. 그저 처음 반겼던 미소만 여전했다. 나는 큰스님으로부터 돌아서서 댓돌 위에 벗어둔 고무신을 찾아 신었다. 그때 절 마당까지 쩌렁쩌렁 목소리가 울렸다.

"연화蓮花는 내일 아침 공양을 마치는 대로 금당에 들어 삭발염의削髮染衣하여라."

그 쩌렁쩌렁한 소리에 무관이 달려와 금당 앞에 섰다. 그러나 아무 되물음이 필요 없다는 듯, 큰스님은 말을 마치자마자 다시 목탁을 두드리며 염불하기 시작했다.

이 세상의 모든 것은 공이 나타난 다양한 환영일 뿐이다
아무것도 생겨나는 것이 없으며 사라지는 것도 없다
보이는 것도 들리는 것도 없고 생각이라는 것도 없다
그 모든 것이 만들어내는 알음알이의 세계도 없다
당신은 늙지도 죽지도 않는다 당신은 태어난 적도 없다
모든 괴로움과 슬픔은 그저 꿈일 뿐이다
괴로움과 슬픔은 번뇌로부터 생겨난다
그러나 번뇌는 없다 그것 역시 꿈일 뿐이다

"예." 그렇게 대답하고 마당에 우두커니 서있는 나를 향해 무관이 따지듯 물었다.

"아니, 정혜씨. 삭발염의라니요? 대관절 이게 다 무슨 말씀입니까?"

나는 감회感懷의 눈물을 감추지 않으며 조용히 무관에게 대답했다. "이제 나는 연화가 됩니다. 마쓰에로 또 정혜로, 이렇게 누군가로 살아간다는 것은 고통이지만 거기엔 늘 자유라는 이름도 깃들어 있습니다. 나는 살아있음으로 여전히 자유롭습니다. 이 감당할 수 없을 만치 내게로 주어진 삶의 자유를 살아 여전히 누리고자 합니다. 무관이 내게 말씀했듯이 한쪽 발은 하늘에 걸치고 다른 쪽 발은 땅에 걸치고 나는 세상을 다시 또 걸어가기로 합니다. 이 순간의 내 눈물 한 줄기마저 연꽃 한 송이로 피어나길 기도하면서, 나는 연화의 삶을 열심히 살아가겠습니다."

내 이야기를 무관은 그 자리에 못 박힌 듯 서서 경청했다. 그는 곧 굳은살 박인 손바닥으로 나의 젖은 얼굴을 닦아주듯 한 번 쓸어내리더니 "아, 자유⋯⋯." 라고 중얼거렸다. 그 말에 추임새라도 넣듯 허공에 매달린 물고기가 바다 쪽에서 불어오는 바람을 타고 뎅그렁 소리를 냈다. 그가 나를 똑바로 쳐다보며 이어 물었다.

"숙명 같은 마쓰에와 정혜라는 두 개의 이름이 삶에 고통이었습니까?"

"예……, 예. 그랬습니다, 그랬습니다."

"정혜씨, 우리나라에는 숙명 같은 조국의 운명대로 두 개의 이름을 갖고 살아가는 여자들이 또 더 있습니다. 어느 날 문득 '키미코(きみこ)'로 불리게 되었던 사계리의 '군자君子'처럼 말입니다. 그러다 숙명 같은 조국의 운명대로 우리나라는 독립이 되었지만, 이제 그녀들은 두 개의 이름이 다 부끄러워 고향으로 돌아오지 못하고 있습니다……."

무관의 목소리가 그쯤에서 잦아들며 떨리기 시작했기에 나는 뭐라 물을 수 없었다. 나처럼 두 개의 이름을 갖고 살아가는 여자들에 대해 궁금했지만 그가 무슨 이야기를 내게 더 들려주고 싶은 건지 몰라, 그저 숨을 죽이고 서있었다.

간간 끼어드는 풍경소리처럼 띄엄띄엄 무관이 말을 이어갔다. "두 개의 이름을 갖고 살아도 자유가 없는 삶이란 죽음과 같아……, 어쩌면 그녀들은 전쟁으로 삶에 자유를 잃는 순간……, 영영 죽어버렸다고 생각

하며 살아가고 있을지 모릅니다. 사람 살아가는 이 땅
에……, 전쟁이란 그런 겁니다. 마치 그녀들 같은 처녀
의 몸을 강간하는 것과 다를 바 없는 행위가 바로 전쟁
이란 말입니다……."

그가 힘들게 말을 이어갔지만 내게는 종잡을 수 없는
이야기였다. 무관과 마주서있는 동안 허공을 울리는 물
고기의 노래마저 아프게 느껴져, 나는 어쩔 줄 몰라 했
다. 그런 속내를 들여다보기라도 한 듯 무관이 그만 돌
아서며 중얼거렸다.

"마쓰에와 정혜라는 숙명 같은 이름을 스스로 다 버
리며, 전쟁 끝에 지어가는 자유의 이름이여. 진흙탕에
못다 핀 꽃들까지 다시 피울지 모를 그대 연화여……."

6

이 길에서 비릿하고 쌉싸름한 풀냄새가 난다

제주도 산방사 마당에 서면 누구라도 관세음보살이 되는 꿈을 꿀 수 있을 것 같았다. 거기 서서 맑은 날 눈시리게 푸른 산방산 앞바다를 바라보면 파도가 용머리 해안으로 백마 떼처럼 달려들었다. 초원에서 풀을 뜯던 조랑말들이 흰 말떼를 반기기라도 하듯 문득 바다 쪽으로 머리를 들었다. 어쩌면 파도는 저만치 더 먼 바다에 자리 잡은 섬, 가파도와 마라도가 품고 있던 하얀 그리움 같은 것일지 몰랐다.

나는 짬이 나면 산방사 입구에 해수관음상처럼 못 박

혀 그 바다를 굽어보았다. 해무가 짙은 날엔 맑은 날 보였던 많은 것들이 눈앞에서 사라져, 산방산 산방사가 외려 섬이 되었다. 더불어 나도 섬이었다. 그러나 비로소 외롭지 않았다. 안개가 잠시 가렸을 뿐 눈 감아도 마음의 바다는 바다고 섬은 섬이었다.

그런 날엔 마쓰에이자 정혜가 살았던 다케유키 백작의 저택이 기억의 운무 속에서 섬처럼 떠올랐다. 우두커니 집을 지키며 앉았던 내 어머니는 쓰시마에 살고 있어도 날마다 섬 바깥의 섬 같은 존재였다. 그녀라는 존재를 이루는 것들—조국과 집 그리고 가족—을 억지로 잃어버린 덕혜 옹주는 아무데도 없었으며 아무것도 아니었다. 거센 바람에 어쩔 수 없이 일어서는 거품 파도처럼 잃어버린 것들 쪽을 향해 그녀의 심정은 허옇게 몰아치며 부글거렸을 테다. 그런 덕혜 옹주에게 혈육인 나는 반쪽짜리 조국이었고 집이었으며 가족이었을 거다.

그렇게 반쪽이나마 내가 덕혜 옹주에게 위로와 희망이 되어드릴 수 있으면 좋았건만, 그 시절에 나는 어려서 더 어리석었다. 이방인 취급을 받으며 자라야 했던 마쓰에이자 정혜가 할 수 있는 일은 슈젠지 법당에 걸려있는 어머니나라의 조상신을 찾아 남몰래 넉혜의 안녕을 기도하는 것이었다. 보아도 보이지 않는 것만 같은 어머니의 자태를 쫓으며 나는 하치만구 신사 정원에서 푸른 말의 가슴도 남몰래 쓸어내렸다, 제발 어머니 덕혜의 가슴병을 낫게 해달라고.

옛날 옛날에 어떤 사람들은 서로의 입장을 잠시 내려놓고 종이에 말 꽃을 그렸다네, 묵향 같은 다향을 서로 나눴던 보리수나무 아래에선 모든 길이 통했다네.

다리 같은 시대에 다리 같은 섬을 마쓰에가 죽으며 정혜로 떠나왔다네. 이제 연화 되어 고향을 그려보아도 물은 안개로 시야를 가리고 흐린 해만 산방산을 비추네.

유서를 남긴 채 떠나와 버린 그 조그만 섬의 소식이 망망대해를 건너 제주도 산방산에 닿았던 날에도 나는 산방사 입구에 해수관음상처럼 못 박혀 고향을 그리고 있었다.

"반달 같은 해가 하늘에 두 개 걸린 대낮이 아흐레째 이어집니다. 이대로 살아내기가 버겁습니다." 겐쇼 스님의 그 애가 타는 서간書簡을 큰스님께로 전달하기도 전에 쓰시마에서 심부름 온 어린 비구는 내 앞에서 어깨를 달싹이며 흐느꼈다. 하염없이 쓰시마 있는 쪽 바다를 바라보며 서있던 내가 아버지나라의 말로 그 아이를 위로하며 물었다. "무사히 목적지에 닿았으니 이제 울지 말아요. 슈젠지의 자상하신 겐쇼 스님은 건강하십니까?"

어린 비구의 눈이 나를 올려다보며 커지더니 봇물 터지듯 소식을 쏟아냈다. "스님! 예쁜 여자 스님, 쓰시마 하늘에 해가 그만 반쪽이 났어요. 해야 해야 짝지 같은 해야 우리와 놀자. 동무들은 날마다 노래를 부르면서 뛰어다녀요. 하지만 어르신들은 세상이 뒤집힐 일이라며 하나 둘 앓아누우십니다. 두 동강 난 해는 마치 사이좋은 형제 같아 보였다가 싸움박질 끝에 갈라선 원수같아 보이기도 해요. 섬사람들이 바닷가에 불단을 차렸고 쓰시마의 모든 스님들이 공양을 바치고 있지만 반쪽 나버린 해는 아흐레째 꿈쩍도 안 해요. 섬사람들이 겐쇼 스님께 매달리며 방편을 찾으니까 이렇게 서한을 적어주시면서 이웃나라 산방사로 가서 도움을 요청하라고 하셨어요. 왜냐하면 옛날 옛날에 이웃나라 하늘에도 두 개의 해가 떠서 온 나라 사람이 근심할 때, 인연 있는 한 비구가 공덕 같은 노래로써 해를 다스렸던 일이 있었다고 하셨어요."

"그래! 우리나라 월명사의 「도솔가」가 있었다."

그렇게 어린 비구에게로 대답한 사람은 어리둥절한 내가 아니라, 어느 새 우리 곁에 온 산방사 큰스님이었다.

"대궐에서 오늘 산화가를 불러 한 송이 꽃을 푸른 구름에 날려 보내네. 은근하고 정중한 곧은 마음이 시킨 것이니 멀리 도솔천의 미륵불을 맞이하라는 내용이었단다. 쓰시마 하늘에 야단이 났구나. 연화는 속히 이웃 섬으로 건너가서 겐쇼 스님과 사람들을 돕고 오너라."

"예?" 나는 큰스님 말에 놀라 그만 처음으로 반문했다. 그리고 대꾸했다. "저는 이제 겨우 어머니나라의 비구니로 출가했을 뿐 아직 부처님의 크신 뜻을 잘 모릅니다."

그러자 큰스님이 나를 향해 빙그레 웃으며 말했다. "당시 월명사는 그저 나라에서 뽑은 무리에 속해 있었을 뿐, 불교노래에는 서툴렀다. 저 이웃 섬에 사태가 긴박하다는 겐쇼 스님의 전갈이 왔으니 응당 쓰시마와 인연 있는 비구니 연화가 가야 하지 않겠느냐."

다시 아버지나라의 섬에 가 닿을 생각을 하니 죽었던

마쓰에가 되살아난 듯 몸이 떨려왔다. 나는 대답 대신 머리만 깊이 숙였다.

큰스님이 내게 더 말했다. "연화는 들어라, 만행을 해보지 못한 중은 중이라고 할 수 없다. 세상의 이치를 모르고서 어찌 부처의 자식이라고 할 수 있겠는가. 자, 지금 당장 제주도를 떠나 쓰시마로 속히 가도록 하라."

제가 도저 알아들을 수 없는 나라 말로 대화하는 두 어른을 어린 비구는 번갈아 쳐다보며 서있었다. 그러다 한시도 지체할 수 없다는 듯 또 눈물을 흘리며 내 손을 잡아끌었다. 그리하여 쓰시마의 어린 비구와 함께 나는 삭발염의 모습을 한 비구니 연화로서 처음 슈젠지에 들게 되었다. 이제는 허리가 굽어버린 겐쇼 스님은, 그러나 하나 놀랜 기색이 없었다. 기다리고나 있었다는 듯 반가운 얼굴로 합장했다.

겐쇼 스님은 마쓰에와 성직을 대신하여 해마다 오봉절엔 향내 짙은 녹나무 가지에 연등을 달아 왔다고 말했다. 그리고 그는 제주도 산방사에서 쓰시마 슈젠지로 온 비구니 연화를 섬사람들이 불단을 차리고 모여 있는 바닷가로 데려가지 않았다. 마치 하늘에 해가 반 동강난 채 떠있는 연유를 다 알고 있는 사람처럼 겐쇼 스님은 망설임 없이 나를 태평사로 안내했다.

수 해전 이즈하라 해변에 총구멍 난 제주도 사람들이 죽은 물고기 떼처럼 닿았던 날을 나는 한 시도 잊은 적이 없었다. 그날 마쓰에는 잠이 덜 깬 상태로 다케유키 백작의 입을 통해 그 놀라운 소식을 전해 들었고, 한달음에 달려간 슈젠지에서 겐쇼 스님으로부터 성직의 유품을 전해 받았다. 이후 제주도 영가들은 모두 겐쇼를 비롯한 쓰시마의 비구들에 의해 무사히 태평사의 너른 정원에 안치될 수 있었다.

그 곳에 들어서자 우두커니 돌 불상으로 앉아있던 지장보살들이 한꺼번에 나를 향해 미소 지었다. 마쓰에가 돌아왔다고 속살거리는 듯했다. 그것들 중 어느 하나에 깃들었을 성직의 영혼이 사람의 모습으로 보였다 사라졌다 했다. 자신보다 더 외롭고 고통스러운 이웃들을 위해 비구의 길을 결심했다고 말했던 성직, 너처럼 비구니 연화가 되어서야 마쓰에는 너를 만나러 올 수 있게 되었다. 그러나 나는 사람의 눈물을 흘리지는 않을 테다, 성직. 행여 마쓰에의 눈물 한 방울이 네 영원한 윤회의 길에 방해가 되어서야 아니 되지 않겠는가, 성직.

나는 조용히 쓰시마 태평사의 금당에 들어 바랑을 풀

었다. 그 속에서 제주도 산방사 성직의 책상 위에 놓여 있었던 목탁을 꺼냈다. 그리고 그것을 두드리기 시작했다. 법당 처마에 매달렸던 물고기가 이것을 알아보기라도 한 듯 뎅그렁 뎅그렁 반가운 종소리를 냈다. 나는 지그시 눈을 감았고, 어떤 나라의 섬에서 났지만 다른 나라의 섬에 뼈를 묻어야 했던 이 한 많은 사연의 영가들을 위해 노래하기 시작했다. 서툴지만 그들에게 낯설지 않을 어머니나라의 노랫말로 했다.

　　인간 백년 다 살아도 병든 날과 잠든 날과 걱정근심 다 제하면 단 사십을 못 사나니

　　어제 오늘 성틴 몸이 저녁 낮에 병이 들어 섬섬하고 약한 몸에 태산 같은 병이 들어

　　부르나니 어머니요 찾나니 냉수로다 인삼녹용 약을 쓴들 약덕이나 입을쏘냐

　　판수 들여 경 읽은들 경덕이나 입을쏘냐 제미 서되 쓸고 쓸어 명산대찰 찾아가니

　　상탕에 마지하고 중탕에 목욕하고 하탕에 수족 씻고 황촉 한 쌍 벌여 세고

　　향로향분 불 갖추고 소지삼장 드린 후에 비나이다 비나

이다 하느님전 비나이다

칠성님께 발원하여 부처님께 공양한들 어느 곳 부처님
이 감동을 하실쏘냐

제일전에 진광대왕 제이전에 초강대왕 제삼전에 송제대
왕 제사전에 오관대왕

제오전에 염라대왕 제육전에 번성대왕 제칠전에 태산대
왕 제팔전에 평등대왕

제구전에 도시대왕 제십전에 전륜대왕 열시왕전 부린
사자 십왕전에 명을 받아

일직사지 월직사자 한 손에 패자 들고 또 한 손에 창검
들고 오라사슬 빗기 차고

활등 같이 굽은 길로 살대 같이 달려 와서 닫은 문 박차
면서 천둥같이 호령하여

성명 삼자 불러내어 어서 나소 바삐 나소

들었던 목탁을 내려놓자, 연화의 회심곡에 넋을 놓고
있던 물고기들이 다시 맑은 종소리를 냈다. 염불하는
내내 등 뒤에 서있던 겐쇼 스님이 옷소매로 눈가를 닦
으며 중얼거렸다. "영가여, 집으로. 무탈한 길을 찾아
부디 집으로."

그리고 다시 내게로 합장하며 겐쇼 스님은 말했다. "수고하시었소. 낯선 쓰시마를 떠돌던 귀신들이 인연 있는 비구니 연화 덕분에 비로소 제 갈 길을 찾겠소."

묵묵히 나는 겐쇼 스님이 이고 있는 쓰시마의 푸른 하늘을 올려다보았다. 어쩌면 두 동강 난 적이 없었다는 듯 해는 지금 천연덕스레 하나였다.

"헤에(ヘえ)……, 헤에(ヘえ)……!" 정수리에 쏟아지는 햇살을 받으면서 말 아닌 말을 연신 받아내며 서 있던 태평사 비구들이 쏜살같이 누각으로 달려갔다. 그리고 그들은 거기에 걸려있는 목어木魚를 힘차게 두드리기 시작했다. 아마 섬사람들에게로 다시 하나 된 해를 올려다보라고 알리는 것 같았다. 나무 물고기의 야단법석에 이 너른 태평사 정원은 곧 북새통이 될 듯했다.

그렇게 되기 전에 나는 성직의 목탁을 바랑 속에 챙겨 넣고 서둘러 금당을 나섰다. 한 곳에 오래 머물러 있으면 차라리 네가 원래 있던 사찰을 팔 것이니, 이제 되었구나 싶으면 만행을 거두고 속히 산방산 산방사로 돌아오너라. 큰스님의 평상시 게송에 등 떠밀리듯 급히 흰 고무신을 찾아 신자마자, 나는 겐쇼 스님께 작별을 고했다. "이 한 많은 영가들과 하나 다르지 않아, 닿아야 할 곳을 찾아 자유의 길을 걷고 있는 연화입니다. 인연 있는 쓰시마 섬에 또 들리겠습니다. 다시 뵐 때까지 겐쇼 스님, 부디 건강하십시오."

한길까지 따라 나오며 하고 싶은 말을 망설이던 겐쇼 스님이 결국 내게 물었다. "이보시게나, 아버지 다케유키 백작이야 본토로 떠나버렸지만 이렇게 쓰시마에 다시 왔으니 당장 병원으로 가서 홀로 된 어머니 덕혜 옹주를 뵈어야 하지 않겠소?"

그러나 나는 대답 없이 발걸음을 옮겼고 겐쇼 스님이 말끝을 흐리면서 또 이렇게 덧붙였다. "비록 남들 보기엔 어머니가 정신 줄을 놓은 듯해도 하나밖에 없는 딸아이 소식이 사무치게 궁금할 터인데……."

내가 말했다. "겐쇼 스님……, 쓰시마 섬의 마쓰에를 살리기 위해 다케유키 백작은 자살한다는 유서를 남기고 떠나라 했습니다. 무사히 제주도에 닿아 정혜가 된 나는 반쪽짜리 삶을 살아가지 않으려 스스로 다시 죽었습니다. 동서에 분별없는 저 하늘에 해와 같이, 나는 이제 비구니 연화의 길을 택하여 삶을 걷고 있습니다. 덕혜 옹주와는 또 인연이 닿는 대로 재회할 것입니다."

그 대답을 들었는지 못 들었는지 겐쇼 스님이 우뚝

걸음을 멈췄다. 그를 따라 나는 멈추지 않았다. 그리고 이즈하라 항까지 부지런히 걸어, 해가 지기 전에 제주도로 가는 배에 올랐다.

빛에 눈이 부셔 얼굴을 찌푸리면서도 해변의 섬사람들은 감쪽같이 하나 된 하늘의 해를 올려다보느라 정신 없어보였다. 수 해 전 무관의 손에 이끌려 오징어잡이 배를 탔던 그날처럼, 섬의 보리수나무 가지마다 매달린 등불 같은 노란 꽃들이 나를 배웅했다.

그날 이후 나는 산방사 큰스님과 슈젠지 겐쇼 스님의 허락을 구해, 한 달에 한번 비구니 연화로서 쓰시마 섬의 태평사를 다녔다. 성직을 비롯한 제주도 영가들을 위로하기 위해서였고 동시에 그들로부터 나 자신이 위로받기 위해서였다. 어쩌면 그들과 나—우리—는 어떤 나라의 섬에서 났지만 다른 나라의 섬에 뼈를 묻을 수밖에 없는 업을 똑같이 짓는 자들일지 모른다는 생각을 지울 수 없었기 때문이다. 마치 삶과 죽음 같은, 두 개의 같지만 서로 다른 섬에서 섬으로 내가 무사히 오 갈 수 있게끔 파도를 다스려 주는 것은 청년 성직의 푸른 영혼 같았다. 어느 이른 바람에 쏠려 모습이야 눈앞

에 더 보이지 않게 되었지만 아아, 성직과 미타찰彌陀刹
에서 만날 내 도 닦아 기다리리다.

　그렇게 성직과 더불어 망망대해를 건너 다른 섬을 다
녀올 때마다 나는 오히려 제주 섬의 정취를 속 깊이 느
낄 수 있었다. 선박 위에서 눈으로 바라보는 제주도와
배에서 내려 발로 밟는 제주도는 그 느낌이 천지 차이
였다. 멀리 보이는 산줄기 위로 돋아난 나무들은 가지
런히 키가 골라, 섬의 숲은 잘 다듬어놓은 말갈기 같았
다. 그러나 풀숲 사이로 나 있는 잿빛 봉분 같은 올레
길을 걷다보면 생채기투성이의 검은 땅은 새카맣게 타
들어가는 사람의 속내 같았다. 숙명 같은 바다를 물숨
으로 살아내며, 섬은 오가는 아무를 잡지 않되 잊지 않
아왔다. 그래서 내일도 제주도에는 바람처럼 사람이 들
것이다.

　서귀포 항에서 배를 내려 사계리를 지나 산방산 산방
사 초입까지 걷는 들길에는 철마다 들꽃이 지천이었다.
그것들 중 엉겅퀴와 도라지 또 더덕 같은 약초 꽃엔 신
비로운 빛마저 감돌아, 쳐다만 보며 걸어도 다른 섬까
지 염불봉사를 다녀온 만신의 피로가 다 풀리는 듯했
다. 한라산 꼭대기 자리를 백록담한테로 내어주고 내려

앉았다는 산방산의 넉넉한 마음이 만들어 낸 꽃밭이라 그럴지도 몰랐다. 그 산이 품고 있는 산방사까지 발걸음 내딛는 대로 내 마음 밭도 화평和平해져, 만면에 엷은 미소가 저절로 번졌다. 그러나 내가 무관을 따라 제주도 산방산 산방사에 처음 들어 아흐레 식음을 전폐하며 누웠다가 다시 열흘 만에 기력을 차리고 이 길을 처음 걸었던 날, 그날 맞았던 벼락 같은 사건은 쉬 잊혀지지 않았다.

꽃길을 처음으로 산책 중이던 나는, 사계리에 살고 있는 누군가로부터 예기치 못했던 물세례를 받아야 했었다. 온몸을 적신 것은 그냥 물이 아니라 악취 나는 똥물이었다. 그 지경을 당하고도 영문을 몰라 엉거주춤 서있는 내게로 웬 여인의 욕설이 쏟아졌다. 똥갈보보다 징그러운 왜년 같으니라구. 애비는 이 나라를 잡아먹었고 애미는 또 어쩌자고 그런 놈한테로 몸을 풀었을까? 신성한 산방산에 너같이 더런 년은 한 발자국도 들어설 수 없다. 쓰시마로 썩 돌아가!

마침 사계리로 우체국을 다녀오던 무관이 그 광경을 보고 말리지 않았다면, 여인은 무수히 구멍이 나있는 검은 돌멩이 여러 개를 집어 들고 내게로 던질 참이었

다. 마쓰에는 피가 더럽고 한이 많아 무섭다고 이단 소
녀 취급을 받았던 쯔시마에서의 유년시절이 고통스레
떠올랐다. 그렇다면 제주도에서의 정혜 역시 이단아일
수밖에 없는 사실이 뭐 새삼스러울 것도 없었다. 그러
나 서슬 퍼런 여인의 악다구니에 두 다리가 풀려, 나는
그만 주저앉고 말았다.

무관이 겨우 그 여인을 달래서 돌려보낸 뒤 나를 제
등에 업었다. 어째요, 이를 어째요, 정혜씨…. 앞만 보
며 천천히 걸음을 옮기던 그가 걸음만큼 천천히 말을
이어갔다. 많이 놀랐겠습니다. 정혜씨, 저 여인은 우리
나라가 독립되기 전까지 몸과 마음을 많이 다친 사람입
니다. 전쟁이 끝나고도 제 고향 바깥으로만 떠돌다가
제주 섬 사계리에 닿아서야 겨우 정착했다고 들었습니
다. 빈껍데기 같은 몸이지만 마음에 고향을 짓고 싶다
합니다. 해서 두 손을 모으고 산방사도 자주 찾는 가련
한 여인입니다. 헌데 내 지금 이래 너무 안타까운 것은
말예요, 상처 많은 이가 상처 많은 이를 어째서 알아보
지 못한 것일까요. 이 고운 꽃길에서 인연 있어 마주쳤
을 텐데 말입니다…….

그리고 무관은 괜찮으냐고 내게 물어왔다. 나는 대답

대신 엉뚱한 소릴 했다.

이 길에서 비릿하고 쌉싸름한 풀냄새가 나요. 몸과
마음이야 고통스러운 중이었지만 너른 벌판 같은 무관
의 등에 업혀 그 약초 길을 가는 동안, 나는 내내 성직
의 냄새를 맡을 수 있어 좋았다. 성직의 등을 타고 올라
녹나무 가지에 연등을 달았던 소녀 적을 추억하며, 나
는 사지가 온통 나른했다. 피 한 방울 섞이지 않았지만
그의 형과 같은 무관의 등이 하염없이 따뜻했기 때문이
다. 성직의 암자에 무사히 닿아 몸을 닦으면서, 나는 무
관이 친 오라비였으면 좋겠다는 생각을 했었다.

빈껍데기 같은 몸이지만 마음에 고향을 짓고 싶어 한
다는 그 가련한 여인과 나는 이 고운 꽃길에서 재회했
다. 내가 마쓰에와 정혜라는 두 개의 이름을 다 버리고
연화로 거듭나, 쓰시마로 세 번째 천도天道염불을 다녀
오던 날의 일이었다.

사계리를 지나 산방사로 발걸음을 재촉하는 이 약초
길 한복판에 사람이 쓰러져 있었다. 내가 놀라 한달음
에 달려가 보니 한 중년의 여인이 둥글게 몸을 만 채 괴
로워하며 신음하고 있었다.

"이보세요, 정신을 차리세요." 나는 여인의 몸을 이리저리 살피며 흔들었다. 긴 머리카락이 엉망으로 흩어졌고 눈을 반쯤 감고 있었지만 어쩐지 낯이 익었다. 갈증 때문에 타들어 가는 입술을 떼며 여인은 가느다란 목소리로나마 말문을 열고 나를 불렀다. "스님……."

그러나 지난 해 바로 이 자리에서 자신이 똥물을 끼얹으며 악다구니 했던 상대가 바로 나라는 것을 알아차릴 만한 정신은 아닌 듯했다. 여인이 입고 있는 치마가 군데군데 검은 핏덩이로 얼룩져 있는 것을 발견하자마자 나는 그녀의 몸을 힘겹게 등에 졌다. 비릿하고 더운 피 냄새에 욕지기가 치솟았다. 그러나, 너무 아파요 스님…… 살려 주세요 스님. 여인은 짐짝처럼 늘어져서도 정신이 좀 들 때마다 거듭 고통과 목숨을 내게 호소했고, 행여 그녀를 떨굴라 나는 뒤로 깍지 낀 열손가락에 힘을 주며 이를 악물고 약초 길을 걸었다.

가까스로 산방사 입구에 닿았을 땐, 땀으로 흠뻑 젖어버린 내 승복에도 핏물이 들어 몰골이 말이 아니었다. 절 마당을 쓸고 있던 무관이 보고 놀라 소리를 지르며 달려왔고 그의 도움으로 간신히 내 방까지 여인을 데려다가 무사히 눕힐 수 있었다. 무관이 산신각에서 치성을 올리고 있는 변상궁을 다급히 찾았고, 그녀가 한달음에 방으로 들어서자마자 누워있는 중년 여인을 알아보며 순아 이것이 또 무슨 변이고 했다.

여인도 눈을 뜨고 무관의 어머니에게 매달렸다. "마마님, 약초 길 어딘가에 저가 또 아기를 흘렸습니다."

아기를 흘리다니……, 이게 무슨 소리인가. 순이라는 여인을 발견했을 때 분명히 그녀는 혼자였고 아기울음 같은 것은 들리지도 않았다. 설마, 내가 아기를 못 본 채 약초 길에 그냥 두고 왔단 얘긴가. 누워있는 여인이 힘겹게 받아내는 말에 내가 놀라 발딱 일어섰다. 당장 방을 박차고 나가려 하자 변상궁이 붙잡았다.

"연화 스님, 앉으세요. 세 번째 있는 일입니다. 순이의 뱃속에서 몇 달 여물지 못한 태아가 피로 흘러 나와 버렸다는 얘깁니다." 그리고 변상궁은 수일간 내 방을 드나들며 순이에게 미역국과 연잎차를 수시로 먹이면서 그 몸과 마음을 따뜻하게 달래주었다. 마침내 기력을 차렸지만 허깨비 같은 모습으로 산방산을 내려가는 순이의 뒷모습이 사라질 때까지 나는 산방사 입구에 오래오래 서있었다.

마침내 그녀 모습이 보이지 않게 되자, 나는 변상궁

에게로 물었다. "순이라는 저 여인은 어째서 세 번이나 아기를 피로 흘려보내야 합니까."

"연화 스님, 순이가 처녀였을 때 아기집을 다쳐 그렇습니다. 아시다시피 세상에 크고 작은 나라들이 오랫동안 편을 갈라 전쟁 중이었지요. 배가 고파서 먹을 것을 찾아 들녘을 헤매 다니던 순이는 열네 살 때 군인들한테 붙잡혀 끌려갔다 합니다."

그러나 나는 잘 이해할 수 없었다. "전쟁 중에 어린 소녀가 군인들한테 무슨 소용이라고 잡아갔단 말입니까?"

변상궁은 내 반문에 잠시 침묵했으나 작심한 듯 길게 말을 이어갔다. "아기씨, 정혜 아기씨. 사람이 남자와 여자로 서로 다르게 나는 연유가 무엇 때문인 것 같습니까. 세상에 온전한 것을 찾기 드물 듯 어느 사람도 온전하기란 힘이 들지요. 평소엔 사람이 서로 다름을 잘 알고 부족한 부분을 서로 어루만지며 채워갈 수 있을 겁니다. 그러나 전쟁 시엔 사람이 서로 다름을 인정하기는커녕 나는 누구인지조차 새카맣게 잊어버립니다. 왜 그런가 하면, 전쟁 통에 가족과 같이 가까이서 어루만지고 채워가는 소중한 존재들을 빼앗기거나 잃어버리게 되기 때문일 겁니다. 그러나 누구한테 빼앗겼는지 어디서 무엇 때문에 잃어버렸는지 차근차근 짚어볼 새도 없이 전쟁 중인 사람들은 결핍된 상태로 저마다 슬프고 분노합니다." 변상궁은 한숨을 쉬더니 다시 말을 이어갔다.

"그런 상태로 지내다 보면……, 어쩌면 사람은 제가 사람이라는 사실마저 잊어버릴 수 있나 봅니다. 이제 사람이 아닌 것 같은 상태로 전투 중인 군인들한테, 전쟁을 일으킨 작자들은 전략적으로 기쁨과 위로를 마련하기로 했지요. 그 작자들은 오직 이기기 위해서 군인들을 끝까지 싸우게 만들어야 했으니까요. 발가벗긴 여자 몸뚱어리로 군인들한테 기쁨과 위로가 되게 하려고 순이 같은 처녀들을 잡아가기 시작했습니다. 그네들을 잡아다가 모아서 전쟁터마다 끌고 다녔습니다. 군인들은 제 딸이나 여동생도 그 지경이 될 수 있다는 생각 따위는 못했을지도 모릅니다. 말씀 드렸듯, 전쟁 중에 이미 사람이 아닌 것 같은 상태였을 테니까요. 그저 제 몸과 마음의 잠시잠깐 위안만을 위해 군인들은 바지를 내리고 어린 소녀의 몸속으로 돌격했을 테죠. 씻지 못해 더럽고 풀데 없어 성난 수컷의 생식기들……, 그것들이 똥 싸고 오줌 지리듯 마구 씨를 뿌려도 결코 싹이 트지 않는 불모의 땅, 음…… 죽은 땅과 같은 여자의 몸뚱어리들이 오직 전쟁의 승리를 위해 필요했답니다. 그래서 행여라도 생명이 깃들 수 없게끔 순이 같은 처녀들의 여린 몸속에 독한 약을 주사 놓고 불도 질렀다 들었습니다."

변상궁의 설명을 듣는 동안 이제는 순이 모습이 사라져버린 사계리 쪽을 바라보며 나는 멍하니 서있었다. 허깨비 같은 모습으로 그녀는 들꽃이 지천으로 피어있는 약초 길을 혼자 터덜터덜 걸어갔을 테다. 그 길에서 순이가 흘린 검은 피는 번번이 땅속으로 스며, 아기가 되지 못했으니 차라리 꽃으로 피었나. 그렇다면 약초 길에 흐드러진 어느 꽃 한 송이가 순이에게 예사로울까.

"연화 스님……." 하얀 붕대 같은 손수건을 꺼내 눈가에 번진 물기를 찍어내면서 변상궁이 다시 내게 말했다. "이 섬 사계리에는 언제 어디서 왔는지 순이 같은 여인들이 모여 살아요. 상처가 깊을 대로 깊은 그녀들의 몸 구멍에서는 생명줄 놓은 핏덩이가 이 검은 땅 위로 줄줄 쏟아집니다. 순이가 붉은 피를 흘리며 길바닥에 처음 뒹굴었던 날이, 그러니까 몇 해 전이었던가는 정

112

확히 기억 안 납니다. 이곳 사계리에 그녀의 발이 처음 닿았던 날이었고……, 대체 아이를 가진 몸으로 누구를 찾아 이래 거지꼴을 하고 헤매 다녔냐고 내가 물었죠. 천치같이 앉아있었을 뿐 순이는 아무 대꾸가 없었습니다. 그랬다가 잃어버렸던 기억이 돌아오기라도 한 듯 수일이 지나서야 "키미코君子, 키미코君子, 아아, 군자 언니 보고 싶어. 울 언니 앞날은 이제 어쩌나……!" 하고 중얼거렸습니다. 군자가 누구냐 네 핏줄이냐 물었더니 고개를 저었어요. 이리 속 태울 것을 차라리 같이 오지 그랬냐는 내 다그침에 순이는 서럽게 울며 이렇게 대답했습니다.

변상궁 마마님, 전쟁이 끝날 거란 소식을 듣자마자 제가 언니한테 제주도로 가자고 했죠, 거기는 나 태어난 고향으로부턴 아득한 섬이니까 나 알아보는 사람도 하나 없을 테라고. 그런데 제가 도망오던 날에 군자 언니가 그랬어요. 순아, 그 아득한 섬에 아름다운 마을 사계리가 있으니 거기가 바로 나 태어난 고향이란다. 저는 한사코 놓지 않으려 했던 언니 손을 그만 놓고 말았어요, 마마님. 여기 사계리가 다름 아닌 언니 고향이라는데 나 어찌 더 같이 가자고 말할 수 있었겠어요. 전쟁은 끝났지만 우린 돌이킬 수 없어요. 더럽혀진 몸이고 수치스런 마음이라 풀 한 포기 나무 한 그루도 다시는 심을 수가 없어요.

연화 스님, 순이는 군자와 헤어졌던 그날을 제 생일 삼은 듯합니다. 해마다 기억하며 미역국을 끓여서 사계리의 다른 여인들과 나눠 먹습니다. "

아아, 그래서 순이라는 여인은 약초 길에서 마주쳤던 정혜이자 마쓰에인 내게로 똥물을 끼얹으며 그런 악다구니를 했었나 보다. 똥갈보보다 징그러운 왜년 같으니라구. 애비는 이 나라를 잡아먹었고 애미는 또 어쩌자고 그런 놈한테로 몸을 풀었을까? 신성한 산방산에 너같이 더런 년은 한 발자국도 들어설 수 없다고 악을 썼었지. 전쟁으로 몸과 마음에 상처 깊은 순이 눈에는, 전쟁을 일으킨 나라에 속한 쓰시마에서 온 내가 그렇게 이 갈리는 적이며 원수였던 것이다.

마쓰에이자 정혜에게는 아득하기만 했던 어머니나라의 제주도에 아름다운 사계리가 있고, 그 마을에 섬 바깥을 떠돌던 순이가 와 닿았다. 닿은 날을 생일 삼고 산방사를 다니며 마음에 고향을 짓는 중이라 했다. 그런 그녀와 자매처럼 지냈지만 여기가 고향이라 함께 올 수

114

없었다는 키미코……, 그러니까 어머니나라 말로 군자라고 불리는 그 여인의 이름이 낯설지 않았다.

언젠가 나는 누군가로부터 군자라는 이름을 들었던 것 같다. 어머니나라의 제주도에 성직과 큰스님, 무관과 그의 어머니 변상궁 외에 나와 인연 있는 사람이 또 있을 리 만무한데 별스런 일이었다. 키미코 상……, 아니 군자라……. 그 이름을 되뇌며 나는 연신 고개를 갸웃거렸다.

사계리로 큰스님의 심부름을 갔다 돌아온 무관은, 순이가 기력을 회복하여 제 집으로 돌아갔다는 것을 알고 다행스러워 했다. 그러나 변상궁에게 애타는 음성으로 물었다. "어머니, 또 고생 많이 하셨습니다. 그런데 순이가 군자 누야 얘기를 더 하지는 않았습니까. 혹시 소식 들려온 것은 없다 합니까?"

그러는 그의 얼굴을 애처로이 한 번 쓰다듬어주었을 뿐, 변상궁은 조용히 고개를 저었다. 무관이 정혜에게 언급했었던 순이 같은 여자들을 나는 비로소 기억해 냈다. 내가 연화되기로 결심한 날이었고, 무관이 절 마당에 서서 젖은 눈으로 분명히 이렇게 말했었다.

우리나라에는 숙명 같은 조국의 운명대로 두 개의 이

름을 갖고 살아가는 여자들이 많습니다. 가령 어느 날 문득 키미코가 되어버린 군자처럼 말입니다. 또 숙명 같은 조국의 운명대로 우리나라는 지금 독립이 되었지만, 이제 그녀들은 두 개의 이름이 다 부끄러워 고향으로 돌아오지 못하고 있습니다……

백련의 꽃과 잎이 지혈에 탁월하고 어혈을 제거해서 하혈을 다스리는 데 도움이 된다는 얘기는 변상궁으로부터 들었다. 이후, 내 새벽 산책 시간은 더 길어졌다. 나는 두 손을 가슴팍에 모으고 저수지 한가운데로 나 있는 돌다리를 조심스레 더듬으며 백련지 깊숙이 들어섰다. 흙탕물 속에 잠긴 사연들이 아픔을 떨치고 저마다 아름다움을 피어 올렸다. 연꽃 향이 섞여 천상의 것일 것만 같은 달짝지근한 새벽 공기가 폐부 깊숙이 파고들었다.

연꽃은 진흙 속에 살면서도 진흙탕에 더러워지지 않듯이 보살은 세속에 살면서도 세속의 일에 때 묻지 않는다. 사방에 흐르는 여러 강물도 바다에 들어가면 짠맛이 되듯이, 여러 가지 일을 통해 쌓은 보살의 선행도 중생의 깨달음에 회향하면 해탈의 한 맛이 된다. 나는 진리의 말씀을 거듭 되뇌이며 연꽃 밭 한가운데 다다랐다.

이슬 머금은 부용의 크기는 그 지름이 족히 두 자는 되어 보였다. 팔을 뻗어 그것을 거둘 때마다 더운 숨결 같은 것이 느껴져, 나는 자꾸 움찔댔고 그래서 작업속 도가 더뎠다. 두 손바닥 위에 펼쳐놓고 살피니 한가운데에 연근에서나 보았던 숨구멍이 연잎에도 있었다. 나는 부용을 뺨에 대고 그것이 뿜어내는 더운 숨결에 부디 자비慈悲를 구했다. 숨 막히도록 향기를 뿜어내고 있는 흰 연꽃도 그저 고맙고 간절한 마음으로 거둬들였다.

그것들을 잘게 썰어서 덖고 말리는 과정에, 나는 차마 사람의 칼을 쓸 수 없었다. 오직 두 손을 도구 삼아 꽃과 잎을 열 번 나누며 어루만졌다. 그렇게 정성을 쏟는 대로 그것들에게로 빛과 바람이 번갈아 또 열 번이나 깃들고 나면, 비로소 맛과 효능이 좋은 연꽃차와 연잎차가 완성되었다. 나는 연꽃 밭에 주인이 뉘신지, 그 사람한테 먼저 허락을 구해야 한다는 생각을 떨칠 수 없었지만, 매번 백련지 한가운데서 몸의 중심을 잃지 않고 무사히 꽃과 잎을 거두게 하는 참주인이 더 궁금 했다.

이제 쓰시마 섬 이즈하라만큼 인연 있는 제주 섬 사

계리를 수시로 드나들며, 나는 순이 같은 여인의 피비
린내 나는 상처 앞에 무릎을 꿇고 차를 달여 냈다. 오랫
동안 전쟁을 겪어낸 이 땅만큼 마음에 상처가 깊어진
여인의 몸이란 굳게 문 닫힌 벽장과 같았다. 나는 작은
찻잔에나마 정성과 진심을 담아서 그 문을 두드리고 또
두드렸다. 그네들의 먹먹한 심정에까지 따듯한 연잎물
이 스며들도록 말이다. 마침내 그네들 구멍 난 몸에서
흐르던 피가 멎으면, 나는 성직의 목탁을 꺼내서 두드리
며 내가 듣고 새긴 천수경을 어머니나라 말로 읊었다.

고요한 물 흐름과 같이 제 마음을 한마음으로 이끌어 주
옵소서
오고 감이 근본에 있어 고요한 마음으로 이루오리다
우리들의 염하는 소리 온 누리에 퍼지나니 살피소서.
부처님의 마음과 내 마음이 둘 아니게 인도하여
눈 아닌 눈의 지혜로 두루 이루어 살피고 살피소서
눈이 없어 관하고 또 부지런하오리니
가고 돌아 모든 고난이 큰 뜻으로 모든 액난이 몰락하며
사라지이다
모든 망상도 부동심으로 스스로 정진하는 마음

부지런히 지혜의 해가 밝아서 부동심을 이루도록 하옵
소서

눈이 우주에 가득 차 두루 밝아 또 밝아 모든 중생 한자
리 한 몸

만물이 함께 고품에서 벗어나 자유인이 되게 하옵소서
세상을 바로 보게 하옵소서.

그네들이 몸보다 마음에 기력을 차리는 대로 굳게 닫
혀있던 벽장문은 천천히 저절로 열렸다. 캄캄한 그 속
에 갇히듯 고여 있었을 상처 고름이 마침내 한숨 섞인
말로써 흘러나왔다.

"연화 스님, 나는 호남성의 장사를 아무리 애써 잊을
래야 잊을 수가 없습니다. 거기 일본군의 성노예로 잡
혀가서 살았지요. 교대로 한 달씩은 멀리 흩어져 있는
소부대를 다녀와야 했어요. 중국인 일꾼이 끄는 수레에
이불 한 채 싣고 한나절을 걸어 소부대에 닿으면, 한 달
내내 작은 방에서 아랫도리가 벗겨진 채 혼자 살아야
했어요. 방문 앞에 군인들이 배식 받듯 줄줄이 서서 여
자 생식기를 맛볼 차례를 기다렸고, 나는 몸뿐 아니라
의식까지 와작와작 뜯어 먹혀 갔어요. 아, 그 와중에 눈

물 나는 호사도 두어 번 누렸습니다. 어쩌다 군인 중에 나와 고향이 같은 남자가 있었어요. 그는 육체관계는 안 하고 벗었던 자기 군복 바지를 펼쳐서 방을 나갈 때까지 내 아픈 아랫도리를 가려주거나 약간의 돈을 쥐어줬어요. 한 달이 지나 장사 위안소로 되돌아올 땐 피딱지가 굳은살로 박인 아랫도리가 너무 아파 흡사 절름발이 같이 걸었습니다. 그런 나를 보다보다 못해, 말도 안 통하는 중국인이 번쩍 들어서 수레에 앉혀주더군요."

또 다른 여인도 내게 말했다. "연화 스님, 나는 전쟁 중에 지칭리 삐집에 붙잡혀 있다 왔네요. 나는 누군가에게 억지로 위안이 되긴 싫다고 외치면, 군인들이 죽지 않을 만큼 나를 팼어요. 발정이 난 수캐 같은 그치들의 변소통으로 사용되기 위해서 나도 벽장 같이 작고 어두운 방에 갇혀 아랫도리만 벗고 살았어요. 삐집 앞에 구름같이 몰려든 군인들이 차례차례 아랫도리만 벗고 내게로 돌격했어요. 그치들의 생식기는 하나같이 칼이며 창과 같았는데…… 스님, 나는 방패 하나 없었어요. 그렇게 무방비 상태로 아랫도리가 찢기고 파헤쳐지면서도 나는, 나는 살아남아야겠다고만 생각했어요. 죽지 못해 살 바엔 차라리 죽는 쪽을 택하는 여자들도 많았는데요 스님, 왜 내가 그토록 이 악물고 살아남아서 기어이 고향으로 돌아왔겠습니까?"

그러나 다친 데가 채 아물기도 전에 또다시 그네가 다치길 바라지 않았기에 나는 아무것도 더 묻지 않았다. 그네가 답답한 듯이 이번엔 목소리를 높여 말했다.

"허! 내가 죽을힘을 다해 고향마을에 들어서니 동리 사람들이 화냥년이라고 손가락질 하고 돌멩이도 날아듭디다. 부끄러운 줄 모른다고, 수치스러운 줄 모른다고 말예요. 허나 스님! 나는 조국이 힘이 없어 끌려갔습니다. 부끄러워도 조국이 부끄럽고 수치스러워도 조국이 수치스러워야지, 나는 자신과 고향 앞에 하나 부끄러울 것도 수치스러울 것도 없습니다."

고통 속에서도 그네가 살아남아 기어이 고향으로 돌아온 심정을 알 것 같았다. 동시에 여전히 환향하지 못한 채 고통 속에 있을 쓰시마 섬의 덕혜 옹주를 생각했다. 전쟁이 끝났다고들 조국은 그네 같은 여자들을 벌써 잊어버렸는가. 그렇게 되지 않기 위해라도 그네들의 삶은 멈출 수 없는 것이어야 한다. 어제의 상처 위에 오늘의 상처가 더 쌓여서는 아니 된다. 나는 앉았던 자리에서 일어서서 간절한 마음으로 그네들에게 합장했다.

그리고 돌아서면, 그네들이 나를 애타게 불렀다. "스님, 스님, 아름다우신 스님! 아아, 제발 이름만이라도 알려주고 가세요." 그러면 마지못해 잠시 나는 걸음을 멈추었고 그네들을 돌아볼 수밖에 없었다. 그 고달프고 간절한 얼굴 또 얼굴 앞에 두 손을 모아 올리고 나는 조그마한 목소리로 이렇게 대답했다. "봄빛이 만산에 꽃을 피우나 그 흔적이 없지 않습니까."

사계리에서 약초길 초입까지는 보라색 눈물을 뒤집어 쓴 것 같은 홍화 꽃이 한가득 피어있었다. 계절이 바뀌는 대로 피었다가 또 지면서 마을을 부단히 오가는 나를 마중하고 배웅했다. 피고 지는 것, 이보다 더 큰 진리는 없을 것이다.

사계리를 빠져나오는 대로 나는 또 다른 순이와 같은 여자들을 생각했다. 그리고 산방산 백련지 쪽을 향해 부지런히 발걸음을 옮겼다. 이 땅에 못 다 핀 꽃을 흙탕물에서나마 피워 올리기라도 하려는 듯 연지엔 해마다 백련 송이 수가 늘어갔다. 연꽃은 쓰시마에 두고 온 덕혜 옹주로 보였다가 사계리에 살고 있는 순이 같아 보이기도 했고 지금 살았는지 죽었는지 얼굴도 본 적 없는 군자를 떠올리게도 했다. 내 삶에 어떤 순간과 어떤

곳을 특별하게 하는 그네들이란 또 다른 나와 다를 바
없었다.

7

완벽은 인간의 꿈이지 자연의 몫이 아니다

산은 있어도 들이 없었고 경치는 아름다워도 사람 먹
을 것이 귀했던 쯔시마와 달리 제주도는 무엇 하나 부
족한 것이 없는 듯이 느껴졌다. 광망한 초원 여기저기
서 풀을 뜯는 소와 말은 물론 그 곁에 선 목동마저 평화
롭고 한가로워 보였다. 그 풍경이 하 부러워, 나는 산방
산 산방사 문 없는 문 앞에 서서 수시로 내려다보았다.
넋을 놓고 서있는 내 목덜미를 어루만지는 바람마저 부
드럽고 산듯했다. 지나온 사람의 역사를 들추지만 않는
다면 이 땅에 살아있는 모든 것들은 저 들녘에 다문다

문 흩어져 피어 있는 야생화처럼 아름답고 생명력 있게 느껴졌다.

"아기씨!"

그리 부르지 마시래도. 그러나 지난 시절에 어린 덕혜 옹주를 보살폈던 변상궁에게 그녀의 딸인 나는, 늘 아기씨였다.

"아기씨, 본토의 도성에서 기별이 왔습니다. 거기 계신 불보살 같은 왕비마마께서 연화 스님을 만나고 싶어 합니다." 변상궁이 달려와서 달뜬 음성으로 그리 전했지만 나는 어리둥절했다.

"제가 뭍으로 다녀와야 한다는 말씀입니까."

"그래요, 연화 스님!"

아버지나라의 섬에 나서 어머니나라의 섬으로 살아왔을 뿐, 뭍은 내게 미지의 세상이었다. 망망대해의 두껍고 푸른 커튼을 걷으면 그 너머에 또 어떤 삶들이 무수히 꿈틀대고 있을지 가늠되지 않았다.

"아기씨, 좋은 세상을 만들려는 사람의 노력은 부처님의 뜻과 같습니다. 그러니까 다녀오도록 해요. 어떤 깨달음 또한 길 위에 있는 법입니다." 큰스님처럼 변상궁이 말했다. "그 깨달음이 연화 스님에게 왔을 때 만행을 거두어도 늦지 않을 겁니다." 조용하지만 힘 있는 목소리였다. 이제는 검은 머리카락보다 흰 그것이 훨씬 더 많아진 내 어머니 덕혜 옹주의 유모는 거듭 나의 출타를 독려했다.

하룻밤 망설임 끝에 나는 서귀포 항에서 도성으로 출발했다. 열 두 시간 여객선에 몸을 실었고 배에서 내려 다시 아홉 시간 기차라는 것을 탔다. 먼 길이라 고단했지만, 그것이 내달리는 대로 난생 처음 나는 여행이 선사하는 미묘한 흥취에 대해 알게 되었다.

무엇보다 덜컹거리는 기차에 몸을 맡기며 속도감을 느끼는 것이 재미있었다. 내겐 낯설어서 지루할 틈이 없는 유리창 바깥 풍경들은 멀리로 눈 쌓인 산이 보였다가 물안개 끼인 호수를 지나며 빠르게 바뀌었다. 저 그림 같은 조국의 풍경들을 그리며 지금도 벌집 같은 병실에 우두커니 홀로 앉아 있을 내 어머니 덕혜 옹주의 모습이 떠올라, 나는 자꾸만 눈이 시렸다.

어머니나라 도성의 푸른 기와집에 살고 있는 왕비마마는 미간이 넓어 자애로워보였다. 그녀는 나를 목련꽃 같이 온화한 미소로 맞이하였다. 그러나 하관이 빠르고 목이 길어, 이 아름다운 왕비가 기쁜 날 슬프게 단명할 운명이라는 것을 나는 첫눈에 알아채고 말았다.

"왕비마마께서 소인을 찾으신다고 들어, 이렇게 왔습니다."

"어서 오세요, 연화 스님. 이렇게 직접 만나보니 스님은 가녀린 청춘이시오. 내가 묻고 싶은 것이 있어 꼭 한번 만나고 싶었어요."

"예, 무엇이든 하문하소서."

"비구니 연화가 두 나라 말씀에 모두 능해, 각기 다른 나라에 속해있는 두 개의 섬을 바람처럼 다닌다고 들었어요. 맞습니까?"

"그렇습니다."

"나라 간에 엄연히 국경이 있는데……, 비구니라는 신분으로 그것의 초월이 가능할 수는 있어요. 과연 어느 나라가 연화 스님의 조국입니까?"

"왕비마마, 내 아버지나라와 어머니나라가 각기 다르므로 어느 땅이 근본인지 나도 모릅니다. 언젠가 잠시 하나였다가 지금은 각각인 두 나라의 경계쯤에 위치한 조그만 섬에서 나는 태어났습니다. 그리고 다른 섬으로 다니며 살아가고 있으니까, 굳이 소속과 고향을 따지자면 나는 그저 섬사람이옵니다."

"음……, 사람의 역사가 그었다가 또 지웠다가 하는 국경을 따지고 있는 나를 스님이 부끄럽게 만드네요. 사실 나라 간의 전쟁이 개개인의 역사를 멋대로 그리기가 일쑤지요. 우리나라 사람들을 고향이 모호한 떠돌이 되게 한데에는 지금의 국모라는 자리에 있는 내게도 그 책임이 있다는 생각이 듭니다."

그녀는 잠시 침묵하더니 연잎차를 내왔다. "자, 함께 들어요. 연화 스님이 직접 채취한 연蓮으로 아픈 여인들의 심신을 어루만진다 들어왔어요. 스님도 나도 사람입니다. 세상에 몸과 마음이 아프지 않은 사람이 어디 하나 있겠어요. 오늘은 다른 이의 손으로 내린 이 연꽃잎차를 누리세요."

찻잔 속에 퍼지는 그녀의 마음이 따뜻했다. 왕비마마는 아는 것 같았다. 산 사람과 죽은 사람 사이, 이 섬과 저 섬을 바람처럼 다니며 내가 연으로 치유하고 싶은 것이 몸보다 마음이라는 것을.

그녀가 찻잔을 내려놓으며 다시 말했다. "그런데 스님, 속해있는 나라가 다른 두 섬의 사람들이 모두 입을 모아서 연화를 '유리광'이라 칭송한다고도 들었습니다. 이것은 어떤 의미인가요?"

"예, 아마 그것은 두 개의 섬이 속해있는 두 나라 모두에 희귀한 질병이 만연해 있으며 아픈 사람들이 많다는 의미일 것입니다."

"음……, 희귀한 질병이라니요?"

"지금 의학을 비롯한 과학기술이 눈부시게 발달하고 있는데 몸의 병과 외상쯤이야 무슨 큰 문제가 되겠습니까."

"음, 그렇다면 연화 스님은 오만가지 마음의 병에 대한 말씀을 하고 싶은 듯합니다."

"예, 본래 유리광은 약사여래의 다른 이름입니다. 약사여래는 마음속의 탐욕과 성냄과 어리석음을 비롯한 모든 병고와 죄에서 벗어나 마침내 깨달음에 이르도록 해주는 의사 중의 의사입니다, 왕비님. '유리광'이란 맑은 유리처럼 마음의 본체를 밝혀서 어둠을 없애주기 때문에 약사여래께 붙여진 또 다른 이름인데, 미천한 소인을 섬사람들이 그렇게 칭한다는 사실은 미처 몰랐습니다."

"아, 유리광의 의미가 그러하군요. 그런데 스님 말씀대로라면 우리나라와 또 이웃나라 사람들의 마음이 치유하기 힘들만치 병들어 있다는 뜻이 아닙니까."

"왕비마마, 병은 어리석음의 다른 모습입니다. 아픈 시절을 겪어오는 동안에 생겼던 타인을 향한 미움, 또 원망의 응어리들이 몸을 병들게 합니다. 제 가진 것에 만족을 모르는 욕심도 마음을 병들어 가게 하는 겁니다. 그러니 어쩔 수 없이 병은 사람으로 난 우리의 존재 그 자체일 수 있습니다. 그러므로 기꺼이 받아들이며 가야 하는 동반자 같은 것이 바로 병입니다. 우리가 각자 어리석음의 미망에서 스스로 깨어나기 전엔, 전쟁은 물론 과학기술의 발달을 겪으면서도 이 고통스런 병고는 계속될 것입니다. 하지만 마마, 그렇기 때문에 지금 우리가 병으로 받고 있는 고통이 번번이 치유의 기회가 될 수 있습니다. 다만…… 병고를 정직하게 바라보고 분석하여야 우리에게 알맞은 처방을 내리고 묘약도 구할 수 있을 것입니다."

"음……, 연화 스님은 역시 소문대로 범상치 않은 인물이란 느낌이 드는군요. 말씀 중에 과학기술의 발달도 어리석음의 근원이 될 수 있다고 하는데 인간이 어디 대자연의 혜택만으로 고통 없이 오래오래 행복할 수 있겠습니까."

"왕비님, 그러한 완벽은 인간의 꿈이지 자연의 몫이

아닙니다. 자연은 완벽을 꿈꿀 만큼 어리석지 않습니다. 인간의 눈에 자연이 어리석게 보이는 순간이 있습니다. 허나 정말 어리석음은 자연을 이해하지 못하는 인간의 몫 아니겠습니까. 인간의 지혜는 자연이 가장 어리석어 보이는 순간에도 더할 나위 없이 지혜롭다는 사실부터 받아들이는데 있겠습니다."

"음……, 그렇다면 스님. 내가 정말 어리석은 질문을 하나 해야겠어요. 왜 지혜로운 연화 스님은 하필 고독한 비구니의 길을 걸어가고 있습니까?"

그렇게 나도 오래 전에 누군가에게 똑같이 물었던 적이 있다. 비구가 되어서야 쯔시마로 돌아왔던 성직에 대하여 나도 왕비처럼 궁금해 했다. 그때 그가 뭐라 답했던가.

"나는…… 나보다 더 외롭고 고통스러운 사람들이 많다는 것을 깨달았기 때문입니다, 마마. 부처님을 나라처럼 추앙하던 시대에도 왕이 부른다고 해서 비구가 무조건 달려가지는 않았습니다. 오늘 소인이 왕비마마의 부름에 응한 것은 당신께서 불보살과 다르지 않다고 느껴왔기 때문입니다."

"아니, 고통에 처한 중생을 구하기 위해 여러 모습으

로 세상에 나타나신다는 불보살과 내가 다르지 않다니요? 스님이 나에게 참말로 부끄러운 말씀을 합니다."

"소인은 산방사 보살들로부터 전해 들어 잘 알고 있습니다. 왕비마마께서 오래전부터 조용히 어느 섬을 다니고 계시다는 것을요. 그 섬에는 살이 문드러지고 뼈가 허물어지는 고통으로 신음하는 사람들이 세상을 피해 숨어 삽니다. 왕비님은 나병[4]이 자신에게로 전염될 위험을 무릅쓰고 그들의 상처를 직접 어루만진다 들었습니다. 타인의 아픔을 덜어주겠다는 자비심과 나로 인해 타인이 밝아지고 건강해지길 바라는 왕비님의 헌신이야 말로 이 나라 사람들의 고통을 해소해주는 최고의 명약이 아니고 무엇이겠습니까. 약사여래 유리광은 내가 들을 칭송이 아니라, 비록 불신도가 아니라 하더라도 그런 마음을 실천하고 있는 마마이신 듯합니다."

"아아, 연화 스님! 그 여리고 고운 입술로 참말로 큰 진리의 말씀을 들려주고 있으니, 내가 감히 상을 드리고 싶어지네요."

"마마, 황송한 말씀이오나 고통으로 신음하는 이웃들

---

4) 〈의학〉 나병균癩病菌에 의하여 감염되는 만성 전염병. 피부에 살점이 불거져 나오거나 반점 같은 것이 생기고 그 부분의 지각知覺이 마비되며 눈썹이 빠지고 손발이나 얼굴이 변형되며 눈이 잘 보이지 않게 된다.

사이를 오가며 내 외로움과 아픔마저 위로 받으니 오히려 내가 그들에게로 빚을 지고 살아가는 셈입니다. 다만…… 한 가지 바라옵건대……, 사고나 난리에 죽은 떠돌이 혼령도 천 만 개의 바람이 되어서라도 고향을 오가고 싶어 하지 않습니까. 멀쩡히 살아있어도 오매불망 그리운 조국으로 돌아오지 못하고 있는 한 여인을 꼭 좀 살펴주십시오."

"아니, 그런 경우가 있습니까. 그 여인이 대체 누구입니까."

"비단 한 사람 뿐이겠습니까……, 내가 아는 여인의 이름은 '덕혜'입니다. 오래전에 이 나라의 옹주 신분이었답니다. 이 나라가 이웃나라에 강제로 예속되었을 때 조그만 섬 쓰시마로 억지 시집을 가게 되었습니다. 천만다행히 이 나라가 독립되었으나 금세 두 동강이 나며 다시 반쪽짜리 나라로 거듭나는 동안에 그 여인은 고향 사람들로부터 잊혀진 것 같습니다. 그러니 지금 덕혜 옹주는 세상에서 가장 불쌍한 여인이 아니겠습니까."

"옹주라……, 그렇다면 첩의 여식이었던가 봅니다. 그것만으로도 불행한 숙명이었을 겁니다. 아아, 어리석고 안타까운 우리 역사의 희생양인 셈입니다. 스님! 그런데 그 불쌍한 여인의 동정에 대해 연화 스님이 어떻게 다 알고 있지요?"

그녀의 반문에 나는 그만 말문이 막혀버렸다. 쓰시마를 떠나오며 마쓰에가 자살했고, 제주도에 닿아 정혜도 죽어버렸다. 내가 그렇게 두 번 죽었다가 다시 연화로 살아보니 세상에 생과 사가 별반 다르지 않았다. 사람이 생에 의지를 갖고 내는 길이란 새로운 나와 새로운 삶을 기약할 수 있게 한다. 그 의지란 죽어야 했던 마쓰에가 정혜로 살기 위해서였고 또 정혜마저 죽어버린 것이 연화로 다시 살아갈 수 있는 또 다른 삶의 길이었음에 대하여, 타인에게 어떻게 다 설명하고 공감을 구할 수 있겠는가. 이즈하라 항으로부터 멀어지면서 마지막으로 보았던 등불 같은 보리수꽃과 사계리 저수지 주변을 산책하며 보았던 얼굴 같은 백련을 떠올렸을 뿐, 세상에서 진즉 죽어버린 어떤 삶은 물론 지금의 연화가 어떻게 덕혜 옹주를 아는지 왕비에게 한꺼번에 설명할 길은 막막했다.

해서 나는 이렇게만 대꾸했다. "마마께서 모르시는 이 나라 옹주의 처지를 소인이 어찌 더 잘 알 수 있겠사옵니까. 이는 각기 다른 나라에 속해있는 두 개의 섬을 바람처럼 다니다가 그저 소인이 귀동냥한 사연입니다. 불쌍한 그 여인의 사정을 직접 살펴주시면 좋겠습니다." 그러자 왕비가 다시 만면에 잔잔한 미소를 띠며 대답했다. "그러지요. 내 연화 스님과 굳게 약속하겠습니다."

그때였다. "어머니, 어머니!"

열 두어 살쯤 되어 보이는 소녀가 책 보따리를 둘러멘 모습으로 들어서며 어머니를 찾았다. 왕비마마가 소녀를 향해 부드러운 음성으로 말했다. "공주는 연화 스님께 인사부터 드려야겠구나."

"아, 손님이 들어계신 줄 몰랐습니다."

곧 소녀가 단발머리를 찰랑이며 내게로 다가섰고 공손히 인사해 왔다. "스님 안녕하세요, 처음 뵙겠습니다." 뽀얀 피부색이 돋보이는 귀티 나는 용모였다. 크고 반짝이는 눈망울이 특히 인상적인 소녀의 모습에, 소학교가 파하자마자 어머니한테로 달려가고 싶었던 어린 내가 오버랩 되어왔다.

어쩌다 내가 어머니를 부르며 달려가는 날엔, 하루 종일 우울했던 덕혜 옹주가 두 팔을 벌리며 활짝 웃을 수 있는 순간을 누렸다. 그 품속을 파고들며 마쓰에이

135

자 정혜도 해맑게 웃을 수 있는 찰나가 기억 속에 아직 선명했다. 나는 저도 모르게 아랫입술을 깨물며 유년의 기억을 쫓으려 안간힘을 썼다. 그리고 눈앞에 서있는 단발머리 소녀에게로 겨우 답례했다. "예, 공주님이 아주 예쁘고 영특해 보입니다."

그러자 소녀가 귓불을 붉히며 살짝 머리를 숙여 보였다.

짧은 겨울 해였지만 유리창을 통해 따뜻한 오후 햇살이 실내로 파고들고 있었다. 나는 행여 모녀의 행복한 시간에 방해가 될까, 그만 앉았던 자리에서 일어섰다. 왕비마마의 처소를 빠져나와 도성의 푸른 기와집 처마 아래 서서, 나는 물끄러미 허공을 응시했다. 찬 공기에 아랑곳 하지 않고 어깨가 만년설처럼 흰 새 두 마리가 날고 있었다.

저 까치 새는 마쓰에의 생일날 아침에 쓰시마에선 날개가 꺾였었다, 그래서 정혜에게 깃들지 못했을 것만 같은 길운의 상징이며 덕혜 옹주가 염원을 담아 지었던 색동저고리와 같은 어머니나라의 저 새 까치. 무르익은 과실이 문득 저절로 떨어지듯 눈앞에서 새 두 마리는 바닥으로 조용히 내려앉았고 날개를 접었다. 햇살 아래 대지와 같이 너그럽고 흙탕이 없는 호수처럼 맑은 상태였다. 발걸음을 떼면 까치 두 마리가 사라질 것만 같아, 두 손을 모은 채 나도 가만히 서있었다.

"스님! 연화 스님!"

그 상태를 깬 것은 단발머리를 찰랑이며 달려 나온 소녀의 목소리였다. 얼마나 다급히 따라 나온 건지 조그만 입술에서 흰 숨을 거푸 뱉으며 소녀가 말했다. "하아, 하아…… 스님, 날이 찹니다. 이것이 잘 맞으실지 모르겠지만……, 부디 쓰고 가셨으면 좋겠습니다."

소녀가 내게 건넨 것은 손뜨개질한 모자였다. 그것을 받아들고 목구멍까지 차오르는 더운 물을 삼키며 내가 소녀에게 물었다.

"공주님 눈에 삭발한 내 머리가 시려 보입니까."

"예, 스님…… 정수리가 파래요."

그렇게 대답하는 소녀의 작고 흰 손을 잡으며 내가 말했다. "고맙습니다, 정녕 고맙습니다. 따뜻한 마음까지 겸비한 공주께서 지금의 어머니보다 더욱 훌륭히 자라시어 이 나라 여왕마마가 되길 염원합니다."

내 기도 같은 소리에 소녀가 다시 귓불까지 붉히더니 단발머리를 찰랑이며 푸른 기와집 속으로 되 달려 들어갔다.

진작 죽은 줄 알았던 정혜의 젖은 눈이 그 뒷모습을 완전히 사라질 때까지 쫓았다. 시린 가슴 같은 머리를 소녀의 털모자로 감싸고, 나는 그만 푸른 기와집을 등졌다. 그리고 다시 섬으로, 길을 걷기 시작했다.

(그러나 나는 과거의 마쓰에나 정혜가 아니라 지금 어)
느 가련한 여인을 보살피고 있는 부처의 딸 연화이다.

8

세월이 흘러도 너무 흘렀다

마음에 고향을 지으려 순이가 산방사를 다녀가는 날
마다 무관이 기다렸다는 듯 반갑게 그녀를 맞았다. "어
서 오십시오, 순이씨. 군자 누야 소식 혹 들립니까."

그녀가 번번이 고개를 가로젖다, 가끔 달뜬 목소리로
대답했다. "예, 키미꼬 언니 같은 여자가 연락선은 떠
나가네…… 하고 노래하는 것을 들은 사람이 있대요."

그들 사이에 내내 화두가 되고 있는 대상은 군자라는
이름의 여인이었다. 제주 섬 사계리에 나서 가난하게
살아가다 전쟁 통에 취직이 되었다는 말만 남긴 채 문

득 사라져버렸다는 기억을 무관이 얘기하면, 전쟁 중에 일본군의 성노예로 끌려온 젊은 여자들이 잡혀 지냈던 위안소에서 키미꼬라는 이름으로 불렸던 군자와의 기억을 순이가 얘기하는 식이었다. 그 여인의 존재는 눈에 보이지도 손에 잡히지도 않는 사람이라 더욱 두 사람한테 간절한 대상이었다.

그들의 과거 체험 속에서 군자는 무관에게 애틋한 '누야'였고 키미꼬는 순이한테 애틋한 '언니'였다. 따라서 이름은 달라도 같은 인물을 향한 그들의 정이란 그야말로 애틋하기 짝이 없었다. 그 애틋한 정이란 서로 다른 곳에 나서 다른 삶을 살아온 무관과 순이 사이에 인연의 다리를 놓게 하는 향수鄕愁 같은 것이었다.

그들의 향수는 저마다 삶이 고통스러운 가운데 서로에게 용기와 위안이며 동시에 희망인 것처럼 느껴졌다. 향수 깊은 순이와의 대화 끝에 무관은 늘 이래 중얼거렸다.

"한 그루 그림자 없는 나무를 불 가운데 옮겨 심었습니다. 봄비가 적셔주지 않아도 붉은 꽃 어지러이 피어날 것입니다……."

이게 무슨 소리인가. 그림자 없는 나무가 있을 수 없

고 불 가운데서 나무는 타버려 사라질 것이 자명한데, 무관이 옮겨 심은 나무는 빗물 없이 붉은 꽃을 피울 꺼라 하지 않는가. 그렇다면 그가 나무를 심은 터란 세상 밭이 아니라 마음 밭이다. 무관의 마음 밭에 군자 누야는 세상만사 복잡하고 어지러워도 영영 붉은 꽃으로 피고 진다는 소리일 테다.

그러면 또 순이가 다 알아듣기라도 한 듯 "아아, 행자님 키미꼬 언니가 보고 싶어요. 마음만 먹으면 못 찾을 것도 없을 텐데 어째서 무관님은 언니 소식을 내게 캐물어 글로 쓰시기만 할 뿐 사람을 애써 찾지 않나요." 하고 원망하며 울었다.

서로의 마음 밭에 인연과 고향을 공들여 심어가는 그들을 지켜보다가 바깥에 서있는 딴 나무 같은 내가 머쓱해질 때쯤, 무관은 순이를 앞장 세워 산방사를 나서며 손을 흔들었다.

"택배기 한 사발 마시러 내 사계리로 다녀오리다, 연화 스님."

택배기는 제주 섬사람들이 즐겨 마시는 모주母酒였다. 옛날에 본토에서 이 섬으로 쫓겨난 어떤 왕과 그의 늙은 어머니가 있었다. 세상에 죄가 많아 더 가난하고

비참한 삶이었다고 했다. 어머니는 마을 사람들이 술을
빚고 남은 찌꺼기를 동냥해 와서 물을 탔다. 그것을 아
들에게 먹여가며, 모자는 근근이 연명할 수 있었다. 그
래서 택배기에 '어머니술'이라는 이름이 붙었다.

　모주 마시기를 꺼려하지 않는 행자 무관을, 큰스님은
사람 취급하지 않았다. 모주망태라 부처님께 부끄럽고
하늘에 죄스럽다고 개탄했다. 그렇게 모주망태라 낙인
찍힌 아들 무관이 딱해, 변상궁은 큰스님 몰래 모주를
얻어다가 산방사 산신각 뒷마당에서 술을 끓였다.

　그냥 끓이는 것이 아니라 택배기에 인삼과 대추뿐만
아니라 생강과 계피도 넣어서 달여 냈다. 그 바람에 냄
새와 취기는 하늘로 달아났고 남는 것은 술이 아니라
향과 색이 짙어 한약과 같았다. 변상궁이 아들을 생각
하는, 그야말로 어머니술이었다. 무관의 어머니 변상궁
은 순이 손에 한약 같은 이 술병을 쥐어주며, 아들이 사
계리에 들면 택배기 대신 그것을 마시게 하라고 부탁했
다. 그렇다면 아무리 마셔도 취할 리가 만무할 텐데, 사
계리서 돌아온 무관은 뭘을 마시고 뭣에 취했는지 번번
이 모주망태였다.

　그런 아들을 위해 변상궁은 금당의 불상 앞에 무릎

꿇어 기도하지 않았다. 기도 중인 무관의 어머니 모습을 내가 처음 보았던 장소는 법당이 아니라 산방사 뒤쪽에 외따로 자리 잡은 산신각이었다.

"무관을 잉태하였을 때 호랑이를 보았습니다, 연화스님. 그 영물 등허리 위에 걸터앉아서 내가 뭘 하고 있었느냐 하면, 손에 들고 있던 불로초를 먹이고 있었습니다. 참으로 기이한 꿈이었는데 태몽인 줄은 나중에야 알았지요." 그리고 변상궁은 큰스님 들으실라 쉬쉬 하면서도 내게 이렇게 덧붙였다.

"아기씨……, 나는 무관이 비구 될 운명이 아니란 것을 뱃속에서부터 알고 있었답니다. 큰스님이 뭐라 하시든 그 아이는 우주를 지붕 삼아 세상을 기도하며 살아갈 겁니다."

그렇다면 어머니라는 존재는 비록 자신의 운명은 알 수 없어도 자식의 운명을 내다볼 수 있는 신神과 같은 존재인가, 그렇게 느껴지는 얘기였다. 내 어머니이신 덕혜 옹주는 세상에 하나밖에 없는 딸 정혜가 비구니 연화가 될 운명이라는 것을 혹시라도 알고 있었을까, 문득 궁금했다.

자식의 운명을 내다볼 수 있어 신과 같다 느꼈던 무

관의 어머니 변상궁이 급작 몸져누울 줄이야 차마 몰랐다. 그녀가 제주 섬에 나서 훌쩍 궁녀로 살지 않았다면 해녀로 살았을 터, 어째 하필 남보다 튼튼할 것만 같은 폐부에 바글바글 벌레가 끓게 될 줄이야 더욱 몰랐다.

아침저녁으로 기침이 잦은 것이 염려되어 나는 바지런히 찻물을 끓여 드렸을 뿐, 좀체 산방사를 뜨려 하지 않는 변상궁에게 뭐 더 해드릴 게 없어 안타까웠다. 이제 가슴병이 깊을 대로 깊어 그녀가 기침을 받을 때마다 피가 섞인 가래도 같이 뱉었다. 아아…… 유모님 유모님, 하루빨리 기운을 차리셔야 합니다.

간바레!(がんばれ) 간바레! 마쓰에가 덕혜 옹주의 가슴병이 낫기를 기도하며 하치만구 신사 정원에서 쓸어내렸던 청마동상이 머릿속에 저절로 떠올랐다. 아침 햇살을 받는 대로 날개옷을 입은 듯 눈부셨던 푸른 말아, 훨훨 날아 망망대해 이쪽 섬 제주도와 저쪽 섬 쓰시마의 가슴병을 모두 좀 살펴다오. 내 어머니 덕혜 옹주와 그 유모이신 변상궁의 가슴병이 깊을 대로 깊어졌단다.

"아기씨, 정혜 아기씨, 슬퍼하지 마세요. 익은 과일은 떨어지기 마련이고 세상에 모든 것은 사라집니다, 그러므로 눈부십니다. 하지만 늙고 병든 이 육신이 사라지

144

기 전에 덕혜 옹주님 모습을 꼭 한번은 더 보고 싶습니다. 덕혜 아기씨 때 모습이야 아직도 생생합니다만 이제 옹주님도 흐르는 세월에 그 모습이 많이 변하지 않았겠습니까. 다음 생에 내 더 어리석어 오매불망해온 그분을 행여 못 알아볼까 두렵습니다, 연화 스님."

도성의 푸른 기와집에 사는 왕비마마는 나와 했던 약속을 지켰다. 그녀는 한때 원수지간이었던 이웃나라로 "평화를 사랑합니다. 병중인 덕혜 옹주를 배려하여 고향으로 보내주십시오."라는 내용의 서간書簡을 거듭 넣었다. 아팠던 과거사를 딛고 우리가 좋은 세상을 함께 만들어가고 싶다며, 그녀는 간절히 내 어머니의 귀국을 요청했다. 그 무렵에 어머니의 머리와 가슴에 병은 깊을 대로 깊어 조국에 대한 기억은 물론 조국의 말과 글도 거의 잊어버린 상태였다.

저러다 죽어버리기라도 하면 예삿일이 아니다. 그렇게 쑥덕거리며 돌아앉아 있던 이웃나라 사람들에게 그녀의 예의 바른 요청은 외려 반가웠을지 모른다. 좋은 세상을 함께 만들자는 대의명분을 흔쾌히 지지한다는 답장을 그들은 보내왔다. 그리고 덕혜 옹주와 다케유키

145

백작의 혼인을 축복한다는 명분으로 쓰시마에 세웠던 과거의 기념비 따위는 당장 뿌리 채 뽑아버렸다.

좋은 세상 함께 만들기를 협의한 왕비마마는, 즉시 쓰시마로 사람들을 보냈다. 그들 중에 그 섬과 인연 있는 비구니 연화로서 나도 끼어 있었다. 여전히 조그만 섬 쓰시마는 어떤 나라와 또 다른 나라 사이에 존재하지만 마쓰에는 죽으러 산으로 갔고 다케유키 백작은 본토로 섬을 떠나버렸다. 마침내 덕혜 옹주마저 조국으로 돌아오게 되면 쓰시마에 존재했던 한 가족 세 사람의 삶은 이제 온데간데없었던 일이 될 수도 있었다.

벌집 같은 병실에 홀로 앉아 벽만 쳐다보며 지내던 내 어머니는, 조국에서 온 사람들을 보고 반가워하지 않았다. 그렇다고 해서 왜 이제야 왔느냐고 원망하지도 않았다. 그녀의 무표정한 얼굴과 공허한 눈빛은 사람들 속에서 딸도 알아보지 못하는 상태였다. 차라리 다행일 수 있었다. 그 앞에서 나도 어머니를 부르며 달려가 안길 처지가 이젠 못 되었다.

조용히 귀국한 내 어머니가 안내 받은 처소는 이 나라의 옛 대궐인 창덕궁 낙선재였다. 창덕궁은 덕혜 옹주가 어린 시절을 가족과 함께 보내기도 했던 곳이라

들었으나 낙선재는 슬픈 집처럼 보였다. 열여덟 칸이나 되는 규모이면 뭐하나, 오색단청도 하지 않은 낙선재 겹처마 아래 서니 소복차림의 젊고 늙은 왕후들이 눈앞에 보이는 듯했다. 그녀들은 숱한 왕의 죽음을 치르느라 소리 없이 분주한 중이었다. 상중喪中에 왕후들이 기거했던 낙선재 누마루에 앉자마자 어머니는 하얀 그녀들 속에서 굵은 눈물방울을 떨궜다. 마치 산 사람이 죽은 자들로부터 위로 받는 듯이 보이는 순간이었다.

"아기씨, 덕혜 아기씨……"

불현 자신의 옛 이름을 부르는 산 사람 목소리에 놀란 듯 어머니가 눈물을 닦으며 고개를 들었다. 그 목소리만큼이나 퇴색한 하늘빛 저고리와 분홍치마를 잘 갖춰 입은 노파가 덕혜 옹주의 눈앞에 서있었다. 하얗게 센 머리채를 정갈하게 땋아서 짧은 비녀로 쪽진 노파의 머리 모양새를 한참 바라보다가 덕혜 옹주는 두 손을 내밀며 띄엄띄엄 조국의 말로 노파를 불렀다. "이리, 이리로……. 어디 이리, 내 가까이로 좀……"

그러나 노파는 덕혜 옹주의 재촉에 아랑곳 하지 않았다. 흰 가제 수건으로 입을 막은 채 그녀는 꿈쩍 하지 않고 낙선재 뜰에 서있었다. 답답한 듯 덕혜 옹주가 앉앉던 자리에서 일어서자, 노파가 입에서 수건을 떼며 사력을 다해 외쳤다. "아기씨, 덕혜 아기씨, 아니 됩니다. 가까이 오시면 몹쓸 기침병이 옥체에 옮을 수 있습니다. 소인은 덕혜 옹주님을 예서 뵈어도 충분하옵니다. 그냥 예서, 너무나 보고팠던 우리 어여쁜 덕혜 아기씨께 큰절을 올리겠사옵니다."

그리고 노파가 두 팔을 높이 들어 올려 허공에 모으자 덕혜 옹주가 한달음에 노파에게로 달려들며 외쳤다. "마마님! 마마님! 아아, 변상궁 마마님……." 그리고 내 어머니는 아이처럼 정말이지 어린 아이처럼 엉엉 목놓아 울기 시작했다.

엉엉 울고 있는 덕혜 옹주를 유모였던 변상궁이 보듬었다. "아이, 어쩜. 이리 울음소리도 우리 아기씨 그대로일까……, 아바마마 어마마마를 불러달라고 또 떼를 쓰시며 소인을 골탕 먹이시렵니까……."

울음을 삼키며 받아내는 변상궁의 웅얼거림까지 그대로 모든 것이 제자리로 돌아가는 순간 같았다. 울고 있는 덕혜 옹주를 향해 난처한 표정을 한 나인들이 창경궁 구석구석에서 달려 나오고, 언젠가부터 낙선재 뜰에 빽빽이 심어진 저 수많은 벚나무들도 오래된 소나무로 둔갑할 것만 같았다. 그러나 세월이 흘러도 너무 흘렀다.

"아기씨 뚝, 덕혜 아기씨 이제 그만 뚝 하시어요."

그렇게 내 어머니를 달래는 변상궁의 입에서 기침과 함께 핏물이 쏟아지기 시작했다. 벚나무 아래서 눈물만 훔치던 무관이 달려와서 변상궁을 들쳐 업었다. 영문을 모르는 내 어머니 덕혜 옹주가 놀라 정신없이 외쳤다. "무엇 하고 섰느냐? 어의御醫를……, 속히 어의를 불러라!"

숨가쁘게 터지는 기침 사이로 변상궁이 덕혜 옹주에게 말했다. "아기씨께 소인이 몹쓸 꼴을 보이고 말았습니다……. 내, 내 기침병이 낫는 대로 낙선재에 다시 오겠습니다. 아기씨가 즐거워하는 쌍륙놀이도 같이 하고…… 아기씨가 좋아하는 까치저고리도……, 내 곱게 다시 지어 올리겠습니다."

그러나 마마님 변상궁 마마님 하고 애타게 부르면서도 정신 줄을 놓아가는 덕혜 옹주는 내가 들쳐 업어야 했고, 이제 죽어도 여한이 없다는 제 어머니를 업고서 무관은 속히 창경궁을 나서 산방사로 돌아가야 했다.

내 어머니의 귀국 소식은 덕혜 옹주를 기억하는 사람들을 중심으로 조용히 전해졌을 뿐 세간에는 이미 죽은 기억이었다. 어쩌면 그것이 오히려 다행이었을지 모른다. 어머니는 창경궁 낙선재로 돌아와 변상궁과 재회했던 날부터 놀라울 만치 급속히 기력을 회복하는 듯 보였다. 그러나 쓰시마로 억지 시집을 가야 했던 시절 나라 안팎의 사정은 기억하지 못했다. 뿐만 아니라 이웃 나라의 한심한 옹주로서 그곳에서의 삶을 살아내야 했던 다케유키 가족들과의 기억 따위는 망망대해에 던져버리고 돌아온 사람 같았다.

여전히 딸을 알아보지 못한 채, 어머니는 침몰했던 기억이 일부분이나마 떠오르는 대로 창덕궁 낙선재에서 '덕혜 아기씨'로 살고 싶어 하는 것 같았다. 그녀에게 의미 있는 '자기 자신'은 오직 추억 속의 덕혜 아기씨로서만 존재 가능했고, 그 존재를 잊어버렸거나 인정하려 들지 않는 수많은 사람들과의 소통은 전혀 불가능했다.

불행인지 다행인지 그런 어머니의 상태 덕분에 왕비마마로부터 다시 내게 기별이 왔다. 덕혜 옹주를 연화 스님이 좀 보살펴 달라는 요청이었다. 나는 한 달에 한 번 배와 기차를 타고 낙선재로 가서 어머니를 만날 수 있었다.

마주앉으면, 덕혜 옹주는 예순이 훌쩍 넘어서도 아기씨 때 낙선재에서 즐겨했던 쌍륙놀이를 하자고 나를 졸랐다. 두 개의 주사위에 나오는 숫자대로 열여섯 개의 말을 써서 먼저 궁에 들여보내는 편이 이기는 놀이였다. 허공에서 바닥으로 모난 주사위가 공처럼 굴렀다. 누군가 운명을 허공에 던지기 때문이었다. 던져진 운명의 결과가 점괘처럼 숫자로 나타나면 내 어머니는 아기씨 때처럼 손뼉을 치며 떠들었다. "아이 어쩜, 이 주사위 놀이가 나는 참말로 좋습니다. 어떤 운명도 내가 무겁게 책임질 필요가 없기 때문이에요. 몇 판을 거푸 해도 이것은 그저 놀이일 뿐이니까, 내가 이기든 지든 누가 뭐라 할 텝니까. 자, 이제 연화 스님이 던질 차례입니다."

　나도 어머니처럼 주사위를 허공에 던졌다. 그것은 떨어져 바닥을 구르면서 여러 길을 망설이는 듯했다. 마침내 덕혜 옹주의 주사위 곁에 몸을 붙이며 내 것이 멈추자, 다시 내 어머니는 손뼉을 쳤다. "스님, 보세요. 내가 이겼습니다!"

　그 모습을 말끄러미 바라보며 나는 입속에서 가슴말로 속삭였다. 예, 어머니가 이기셨습니다. 애태우며 그렸던 고향 궁으로 어서어서 드세요. 지금 놀이판에서나마 저리 몸을 붙인 어머니와 나의 주사위처럼 이 세상에 살 맞닿은 모든 것이 아름답습니다. 하늘과 구름, 나무와 꽃, 시냇물과 돌멩이, 사람과 사람. 태초에 어머니와 살 맞닿아 있었던 그 무의식 속 기억 덕분일 겁니다.

아무나의 힘으로 결코 지울 수 없는 그 무의식 속 기억처럼 내 아버지 다케유키 백작이 불쑥 창덕궁에 닿은 날 저녁, 종일 품고 있던 구름의 무게가 겨운 듯 하늘은 가늘게 비를 풀기 시작했다. 내 어머니 덕혜 옹주는 누워서 빗소리를 들으며 입은 다물고 코로 소리를 내며 노래했다. 그러다 깊은 잠 속으로 빠져드는 것을 확인하고서야 나는 쌍륙놀이 판을 접었다. 그리고 조용히 낙선재를 빠져나와 우산을 받쳐 들고 창덕궁 비원秘苑 쪽을 산책했다.

옥류천을 따라 하나 둘 셋……, 정자들이 묵묵히 빗방울을 맞아내며 자연에 순응하는 착한 사람처럼 앉아 있었다. 저 나무인지 꽃인지 사람인지 분간하기 힘들만치 자연과 조화로운 어느 정자에 들면, 어린 덕혜가 비취노리개를 흔들며 다가와 나를 반길 것 같았다. 그러나 창덕궁의 퇴색한 단청만큼 늙어버리고서야 집에 돌아온 어머니가 할 수 있는 최선이란, 오늘밤도 무사히 낙선재에 누워 비원의 추억을 꿈꾸는 것이었다.

천천히 비원을 거닐던 나는 연경당演慶堂 앞에 멈춰서서 우산을 접었다. 그 통벽문 앞에, 나무나 꽃이 아니라 분명 사람이 앉아있기 때문이었다.

"거기 뉘십니까."

그러나 굳이 물을 필요는 없었다. 강산이 바뀌는 세월을 살아내는 동안 그 사람과 나는 모습이나 신분은 변할 수 있어도 세상에 하늘의 인연으로 아버지와 딸이었으니까.

"덕혜 옹주는 평안하시오?" 그 사람이 천천히 몸을 일으키며 내게 물었다. 왜 그녀의 안녕을 지아비였던 당신 자신이 아니라 죽어버린 딸인 내게 물어오는 거냐고, 따지고 싶은 마음이 불현듯 폭풍처럼 일었다. 그러나 나는 과거의 마쓰에나 정혜가 아니라 지금 어느 가련한 여인을 보살피고 있는 부처의 딸 연화이다. 그러니까 그는 내게로 얼마든지 그것을 물어올 수 있는 노릇이었다. 나는 접힌 우산처럼 두 손을 모았다. 그리고 나직이 대답했다. "예, 고향집에 들어 이윽고 평안하십니다."

　그 사람은 한동안 가랑비를 맞은 탓인지 자꾸 가늘게 몸을 떨었다. 못 본 사이 푸른빛이 감돌도록 검었던 머리카락은 반백이 되었고 칼날 같았던 셔츠 깃은 빗물에 젖어 형편없이 구겨져 있었다. 내 눈길을 의식했는지 그 사람도 고개 들어 나를 바라보았다. 바라보며 섰을 뿐 내리는 빗방울 사이로 마쓰에……, 하고 다시 부르기 힘들 테다. 다케유키 백작이 기억하고 있는 단발머리이거나 사쿠라 꽃같이 뽀얀 살결을 가진 소녀의 모습이 이젠 아니니까. 머리카락 한 올 남아있지 않은 이 비구니 모습이 아버지인 그 사람 앞에서 처음으로 부끄러웠다.

　그러나 그 사람은 나를 향해 "마쓰에……" 하고 웅얼거렸다. 쓰시마에서 내가 자살하러 간다는 유서를 남기고 집을 나섰던 날 새벽처럼 말이다. 그때 마쓰에를 죽이고 정혜로나마 살리고자 했던 그 사람이 지금 뭐라고 웅얼거리든, 나는 이제 스스로 연화일 따름이었다.

　"마쓰에, 죽기 전에 덕혜를 만나고 싶다."

　"왜 여기 창덕궁 낙선재에서야 두 분이 만나야 합니까." 나는 낮은 목소리지만 단호히 대꾸하며 그 사람을

154

똑바로 쳐다보았다.

"내가……, 내가 어쨌거나 용서를 빌어야 할 부분이 있으니까……." 그렇게 중얼거리며 그 사람이 울고 있었다. 어린 아이처럼 어깨를 들먹이면서. 그런 모습의 그 사람은 한 가정의 가장이거나 쓰시마 섬의 백작도 뭣도 아닌 듯 보였다.

나는 침착하게 다시 말했다. "어머니는 어떤 기억을 놓아버린 상태로 자유를 누리는 중입니다. 놓아버린 그 기억 속에는 가해자와 피해자의 구분이 덧없는 전쟁 같은 삶이 있습니다. 자신을 원수의 나라 쓰시마로 보냈던 원수보다 더한 원수 같은 사람들, 자기 자신의 삶에 지속적이고 탄탄한 평화를 위해 아내와의 운명과는 이별한 다케유키 백작, 뿐만 아니지요. 생사를 확인할 수도 없는 딸아이도 있습니다. 어머니는 그 모든 것들을 기억 속에서 놓아버리는 편을 택한 겁니다. 용서라니요……, 이제 덕혜 옹주를 조국의 볼모였다거나 남편에게 버림받았던 피해자로 만드실 작정입니까. 아니면 세상에 딸아이를 방치했던 무정한 어머니라는 가해자로 몰아갈 텝니까. 세월이 흘러도 너무 흘렀고, 쓰시마 섬에 한 가족 세 사람의 삶은 없었던 일처럼 되어버렸

습니다. 그러니 속히 이웃나라 뭍으로 돌아가십시오,
다케유키 백작님."

그리고 돌아서는 내 왼쪽 손에 그 사람이 무언가를
쥐어주었다. 더 이상 돌아보지 않고 나는 낙선재 쪽을
향해 걷기 시작했다.

등 뒤에서 그 사람이 떨리는 목소리로 부르짖었다.
"머리로 사랑할 수 없었다, 하지만 가슴으로 사랑했다.
그 난리 통에 세 사람 모두 살기 위한 내 최선의 선택이
었다. 사람은 몰라도 하늘이 알 것이다. 마쓰에, 마쓰
에……, 내 아픈 딸 마쓰에……."

하지만 그 사람은 진즉에 이즈하라 해변에서 죽어버
린 딸 마쓰에를 부르며 아파하고 있는 것일 뿐이라고,
나는 어린 마쓰에를 위로하며 묵묵히 발걸음을 옮겼다.
낙선재에 닿았을 땐 비가 그쳐 있었다.

내 왼쪽 손에 다케유키 백작이 쥐어 주었던 것을 비
로소 눈앞에 펼쳤다. 오랜 시간 두루마리로 말려있던
단발머리 소녀 하나가 간지럼 타듯 사지를 펴며 까르륵
웃었다. 그것은 나도 기억하고 있는 유화油畵였다. 다케
유키 백작이 꽃을 보듯 바라보며 그렸던 쓰시마 섬의
어린 마쓰에였고 정혜였다.

소녀는 서로 다른 아버지나라와 어머니나라에 슬픈 이방인이었지만 그림 속에선 함박웃음을 짓고 있어 행복해보였다. 단발머리 너머에 흰 치마저고리 차림으로 찻물을 끓이는 어머니가 보였다 사라졌고 붓을 씻으며 미소짓는 아버지도 보였다 사라졌다. 그때 그들이 온 정성을 다해 지켜내야 하는 것은 하치만구 신사의 귀신들이거나 이웃나라 같은 것이 아니었어요. 그렇게 눈에 보이지 않거나 멀리 있는 것들이 아니었단 말이야! 누군가 아프거나 떠나기 전에 우리 세 사람은 망망대해에 그 조그만 섬에서 서로가 서로를 지켜줘야 했어요.

그림 속에서 내가 아는 다른 섬 소녀 마쓰에가 그렇게 외치는 소리를 다 견뎌내며, 슬픈 집 앞에 우두커니 서있어야 하는 밤이 점점 깊어갔다.

9
천지天地에 마음 닿는 곳이 고향이다

산 그림자도 외로워 하루에 한 번씩 마을로 내려온다
했던가. 무관은 산방사 행자의 역할을 잘해내다가도 막
상 수행자들의 시험이 있는 날이면 휘적휘적 산방산에
서 내려가 속세를 다녀왔다. 다녀오는 대로 큰스님의
불호령이 떨어졌다. 그는 묵묵히 꿇어앉아 온몸에 쏟아
지는 죽비를 고스란히 맞아내야 했다.

큰스님이 무관의 아버지였다. 큰스님은 신식공부가
하고 싶어 열다섯 살에 출가했다. 갓 스물을 넘기자마
자 법사 시험을 통과해서 산방산 사람들을 모두 놀라게

했다. 이후 큰스님이 스승으로 모셨던 만해 스님을 따라 이 나라의 독립을 위해서 활약하자, 내 아버지나라의 사람들이 그를 가만 두지 않았다.

갖은 고문 끝에야 풀려나오며 큰스님은 원수의 나라 사람들에게 이렇게 약속해야 했다. 지금처럼 나는 비구로 살아가고 싶으니까 너희식대로 또 너희가 원하는 대로 여자를 취해 대처승이 되겠다고. 그리고 큰스님은 스승 만해가 계신 쪽 하늘을 향해 큰 절 하며 비둘기 편에 이런 글을 띄워 보냈다.

사랑하는 임이시여, 행여 누가 내 임을 잊었다고 하면 심지어 내가 임께 그런 소리를 해도, 내 그런 소리 할 때 날 믿지 마십시오. 누가 어떻게 내 가슴속에서 임을 잘라 낼 수가 있겠습니까. 한 자락 슬픔도 없이 내 발은 꿋꿋이 이 땅을 밟고 섰으며, 내 손은 길에서 이 편지를 씁니다. 남은 삶 속에서 나는 항상 동지와 있거나 적과 맞서고 있거나 내 입에 임의 이름과 한 번도 임의 입을 떠난 일이 없던 입맞춤 하나를 지니고 살겠습니다.

이후 큰스님이 결혼한 상대는 귀향한 궁녀였다. 그녀

는 제주도 해녀의 딸이었지만 용모와 재주가 빼어난 처녀였다. 그래서였던지 소원했던 대로 섬을 떠나 이 나라 도성의 대궐로 들어갈 수 있었다. 뿐만 아니라 곧 귀인의 눈에 들어 어린 덕혜 옹주를 보살피는 유모 역할을 맡게 되었고 마침내 변상궁이라 불렸다. 그러나 전쟁 통에 옹주의 아버지인 왕과 어머니인 귀인이 모두 돌아가시고 마침내 덕혜 옹주가 원수의 나라로 유학을 가게 되었다. 변상궁은 궁녀의 옷을 벗고 대궐문을 나설 수밖에 없었다.

묻에서 섬으로, 그녀가 돌아갈 곳은 바다 건너 푸른 고향뿐이었다. 하지만 궁녀였다가 해녀가 되기란 쉽지 않았다. 그녀는 힘겹게 물숨을 익혀가던 중에 아직 소녀티가 남아있는 덕혜 옹주가 원수의 나라 사람인 쯔시마 섬의 다케유키 백작과 결혼하게 되었다는 소식을 들었고, 그만 목숨 줄을 놓아버릴 결심을 했다.

나는 나룻배 당신은 행인 당신은 흙발로 나를 짓밟습니다. 나는 당신을 안고 물을 건너갑니다. 나는 당신을 안으면 깊으나 옅으나 급한 여울이나 건너갑니다. 만일 당신이 아니 오시면 나는 바람을 쐬고 눈비를 맞으며 밤에서 낮까지 당신을 기다립니다. 당신은 물만 건너면 나를 돌아보지도 않고 가십니다 그려 그러나 당신이 언제든지 오실 줄만은 알아요. 나는 당신을 기다리면서 날마다 날마다 낡아 갑니다. 나는 나룻배 당신은 행인.

마침 어지러운 마음을 스승 만해의 시 한 수로 다스리며 해변을 거닐고 있던 산방사 큰스님의 눈에 띄지 않았다면, 귀향한 궁녀의 물숨은 그대로 끊어져 고향 앞바다에 하얀 배를 드러내고 물고기처럼 떠올랐을 것이었다.

"바닷가에 홀로 앉아 파도 밑의 그대를 우연히 만났으니 묵묵히 서로를 바라볼 뿐 그대를 안다고 우리 서로 말하지 않네." 그녀가 의식을 차리는 것을 확인한 큰스님은 그렇게 웅얼거리며 해변을 떠났다.

그러나 죽음의 문턱에서 삶 속으로 귀향하게 된 궁녀는 큰스님 덕분에 누리게 된 새로운 생을 산방사에서 궂은일을 거들며 살겠노라 다짐했다.

"부모 같은 조국을 잃었고 지아비 같은 왕도 잃었고 자식 같은 옹주까지 잃었수다. 그러고 나니 더 잃을 것이 없습니다만, 내 이래 죄가 많으니 출가야 어찌 감히 꿈 꾸겠수까." 그렇게 매달리는 그녀에게로 큰스님은, 살기 위해 대처승이 되어야만 하는 자신의 기막힌 처지를 털어놓았다.

그녀가 조용히 듣고 앉았다가 나직이 대꾸했다. "이 세상에 생명줄 이어주신 님과 기꺼이 남은 내 삶을 함께 하겠수다. 우리 쓰러지는 날 흙만이 우리를 감싸주는 게 아닐 겁니다. 우리를 여기까지 이끌어온 이 크나큰 마음, 우리 핏속을 맴돌며 살아온 인정이 우리를 껴안아 줄 것입니다."

마침내 두 사람은 소반에 정화수 한 그릇 올려두고 조용히 합방했다.

그때 두 사람에게 필요한 것은 어떻게 그럴 수가 있느냐는 다그침이 아니라, 어쩌다 보니 그럴 수도 있겠다는 위로 한 마디였다. 큰스님과 궁녀는 제각기 더 잃을 것이 없는 사람들이라 오직 서로가 서로에게 위로일 수 있었다. 그리고 두 사람 사이에서 사내아기가 태어나자 큰스님은 무관이라 이름 지었고 내 자식이 아니라 부처님의 자식이라 했다.

그러니까 무관은 원수의 나라 덕분에 풍경소리와 목탁소리를 태교 삼아 태어난 목숨이었다. 그런 사람인지라 원수를 적삼을 수만도 없었다. 무관은 자신이 어지러운 세상에 온통 빚을 지고 있는 것 같다는 느낌을 떨치지 못하며 자라야했다. 그가 아버지를 아버지라 부를 수 있은 적은 없었다. 집이 아니지만 집인 산방사에서 아버지가 맞아도 아버지일 수 없는 큰스님을 모시며 살았다. 소년 무관의 밥은 공양供養이었고 교과서는 경전經典이었으며 사랑방 손님처럼 행자로 살았다. 그는 사춘기가 되도록 아침저녁으로 산방사 안팎을 쓸고 닦았으며 사시사철 산방산 아래 사계리로 심부름을 다녔다.

처음 삭발하던 날, 무관은 어린 아이처럼 목 놓아 울었다. 채 번뇌가 깃들지 않았을 것만 같은 소년의 머리통을 덮고 있던 털은 몇 번의 가위질과 예리한 칼날에 한 올 남김없이 깎여버렸다. 그리고 눈물을 닦기도 전에 장작더미 속으로 던져져 한 점 빛으로 번졌다가 사라졌다.

"뭐냐고 이게!"

붉은 해가 주저앉으며 곧 어스름이 내려앉을 무렵이었지만, 그는 끝내 금당 문을 박차고 뛰쳐나가 사계리 있는 쪽을 향해 질주했다.

"아이고, 이게 누구야, 산방사 행자 무관 아냐." 약초

163

길에 앉아 탁배기 잔을 주고받던 중년의 사내 둘이 그를 불러 세웠다. "아니, 대관절 머리통이 왜 그래? 아이고, 스님이 되신 건가?"

"아닙니다."

"아니긴 뭐가 아냐. 삭발하신 걸로 보아 이제 행자가 아니라 스님일세, 그래."

"아니라니까요."

"아따, 고 녀석 참. 아니면 이리로 와서 보란 듯이 모주 한 사발 들이켜 보든가."

무관은 사내들 쪽으로 다가가서, 주는 대로 술을 받아 마셨다.

"허허 참, 절에서 났어도 타고 난 주당酒黨일세. 딱 보니 비구되긴 글렀다. 아, 인자 그만 마시고 더 취하기 전에 속히 산방사로 돌아가게!" 사내들은 어둠이 내리자 빈 주전자를 흔들며 자리를 떴다.

그러나 무관은 홀로 풀숲에 오줌을 갈기다가 아예 주저앉아 버렸다. 밤 한기에 진저리를 치면서도 그는 들꽃 사이에 못 박힌 듯 앉아 있었다. 큰스님의 호통소리와 죽비세례를 떠올리며 산방사로 돌아갈 생각을 도저히 하지 못했다. 그때 누가 다시 그를 부르는 소리가 났다.

"거기 혹시 행자 무관이 아니우꽈?"

그가 흐린 눈을 들어 보니, 달빛 아래 사람은 보이지 않고 코스모스가 피어 하늘댔다. 으응? 분명히 사람 목소리였는데⋯⋯. 무관은 제 눈을 비볐다.

"어쩐지 산방사에 가도 안 보인다 했더니 술이 취해 여기서 이러고 있었나요. 속히 일어나 봐요." 눈앞에 손을 내밀고 서있는 코스모스 같은 처녀는 무관보다 서너 살 많은 군자였다.

군자는 병든 아버지를 모시며 어린 동생을 키웠고, 그녀가 바다 물질을 채 다 배우기도 전에 세상을 떠나버린 어메를 그리워하며 살았다. 종일 한 뙈기 밭이랑이라도 혜적여야지 배 굶지 않는 집안 형편이었지만, 그녀는 갈대와 보릿가루를 버무린 갈대버무리나마 더 가난한 이웃과 나누며 살았다. 절박한 환경을 탓하지 않고 꽃을 피워내는 데에 생명의 순결한 아름다움이 있다면, 군자는 사람보다 아름다운 꽃이었다.

무관은 그녀의 손을 붙잡고 비틀거리는 몸을 가누며 사계리 한 가운데 들어섰다. 간신히 군자네 닿았어도 따로 더 방이 없어, 문짝도 없는 헛간에 누워야 했다. 그녀가 솜이 든 이불을 한 장 들고 나와 바닥에 깔아주었다. 온기를 느끼는 대로 졸음이 밀려들어, 무관은 짧은 시간 죽은 듯 잠들었다. 소변이 마려운 것도 아닌데 아랫도리가 팽팽하게 부풀어 올라, 입고 있는 바지가 영 거추장스러웠다.

그는 허리끈을 풀고 훌훌 바지를 벗어버렸다. 맨 살에 와 닿는 솜이불 감촉에 영영 눈 뜨기 싫었다. 제가 코스모스 흐드러진 꽃밭에 누워있는 듯도 싶었다. 곱디고운 군자의 손을 끌어다 터질 것 같은 제 아랫도리를 만지게 하며 무관은 흐느낌 같은 신음을 뱉었다. 온몸의 뜨거운 피가 털 한 올 남아있지 않은 머리통 쪽으로 죄다 솟구치며 몰렸다. 그가 이대로 죽어버려도 좋다는 생각을 하는 순간, 머릿속이 텅 비는 느낌으로 사지가 떨려왔다. 마침내 마른기침을 밭아내며 무관은 눈을 떴다.

제 가랑이 사이에 끼우고 있던 두 손까지 아랫도리는 끈끈한 액체로 젖어 온통 축축했다. 그것은 무관의 첫 몽정夢精이었다. 문짝 없는 헛간 입구에 코스모스 같은 처녀 군자가 달빛보다 은은한 미소를 짓고 서 있었다.

"저런, 아마 꿈을 꿨나 봐요 무관. 잦은 기침 소리에 걱정이 되어 잠들 수 없었수다. 바지가 다 젖은 듯 한데, 벗어서 이리 내게 줘요."

꿈인지 생시인지, 그는 다시 말 잘 듣는 아이처럼 바지를 벗어 그녀에게 내줬다. 그리고 솜이불 속에 붉어진 얼굴을 묻어버렸다. 이불 바깥에서 들려오는 따뜻한 목소리가 그를 향해 말했다.

"괜찮아요, 내가 무관보다 한참 누야니까……. 하지만 이제는 무관이 사춘기 소년이기만 하지는 않아요. 날이 밝으면 의젓하게 산방사로 돌아가야 하니까 눈을 좀 더 붙이도록 해요."

그날 밤 이후, 무관은 산방사에서 사계리로 심부름 다녀오는 날이 제일로 좋았다. 없는 일도 만들어서 산방산을 쏜살같이 내려갔다. 돌아오는 길엔 어김없이 군자를 찾았다.

"누야, 군자 누야!"

눈발이 날리는 엄동설한에도 처녀는 호미를 손에 쥐고 있었다. 어깨에 내려앉는 눈송이를 떨궈내며 군자는 무관의 목소리에 눈사람처럼 웃었다.

"에고, 우리 행자님 숨넘어가겠네. 군자 누야, 요기 있어요." 그리고 연분홍 코스모스 같은 얼굴로 무관에게 물었다. "산방사에 어르신들도 다 잘 계시지요?"

"어. 누야, 눈 많이 온다. 일 고만 하고 빨리 집으로 가."

"그래요, 가야지요. 이 고생도 이젠 끝인지 나는 돈을 벌 수 있는 일자리를 소개 받았네요."

"정말? 어디?"

"전쟁터에서 상처 입은 군인들을 보살피는 곳이라는 것밖엔…… 나 잘 몰라요, 잘……."

"어딘지 모르면서 간다고?"

"사계리에 덕망 있는 한 어르신이 어렵게 알선해준 자리랬는 걸……. 아버지가 벌써 선금을 받았다고 하니 내 가야지요. 가보면 자세히 안댔어요. 어딜 가나 사람 사는 세상인걸 뭐. 돈 많이 벌어서 내 속히 집으로 돌아올게요, 무관."

그는 군자를 붙잡고 싶었지만 형편을 다 아는 처지라 그러지 못했다. 그녀의 어려운 형편보다 제 행자 신분이 더 초라하게 느껴졌다.

"응, 뭍에 일이 너무 힘들다 싶으면 지체 없이 마을로 돌아와야 해. 누야!"

"아, 여부가 있나요, 제주도 사계리가 내 나고 자란 고향인 것을."

그리고 다음날부터 군자는 정말 사계리에서 사라졌다. 누구를 따라 어디로 갔는지 정확하게 아는 사람은 없었다. 그녀의 아버지라는 사람조차 하는 말이 이랬다.

"설마 그 어린 계집을 전쟁터에서 부려 먹을까나."

계절이 지나 해가 바뀌고 다시 단풍 지는 가을이 와도 무관의 마음 밭엔 코스모스가 피지 않았다. 세상에 큰 전쟁이 다 끝났다고 사람들은 떠드는데, 상처 입은 군인들을 보살피러 간다 했던 군자는 돌아올 줄 몰랐다. 군자 누야, 보고 싶습니다. 사계리로 돌아오시면 따뜻한 그 두 손을 붙잡고 살림집을 차리고 싶습니다. 언제부턴가 그는 옆구리에 공책 한 권을 끼고 다니며 군자에 대한 추억과 고백을 새기기 시작했다.

갈대버무리를 나누어주던 마음씨 고운 처녀를 기억하고 있는 사계리 배고픈 사람들을 만나면 그들의 사연도 같이 담았다. 유한한 인간 생이건만, 군자 그녀를 그리면 삶의 시간은 유장悠長하고 허허롭기 짝이 없었다. 속절없이 점점 두꺼워져 가는 제 공책을 어루만지며 무관은 생각했다, 나의 글이 사계리 마을의 저녁 불빛만큼 따스하고 날마다 깃드는 새벽만큼 푸르스름했으면 좋겠다고.

무관의 두꺼운 노트에 담긴 이 「군자편」을 나에게 들려준 이는 순이였다. 바람에 배꽃이 흰 눈처럼 날리며 쌓이는 어느 깊은 봄날이었다. 그녀는 문을 열어놓고 봄볕이 고운 마당을 바라보고 있었다. 그러고 있노라면 그리운 사람들의 이름이 꽃잎처럼 달짝지근하게 혀끝에 맴돈다고 했다. 처음 제주 섬 사계리에 닿았을 즈음엔 일본군성노예로서 똑같은 고통을 나누며 살았던 키미꼬 언니 생각이 간절했는데, 이제는 그리움의 대상이 달라졌다고도 말했다.

"해마다 부는 바람에 배꽃만 화르르 날릴 뿐, 무관 행자님은 오직 군자 누야만을 기다리고 있어요, 연화 스님. 생사도 확인하지 못하는 키미꼬 언니가 그래서 나는 어처구니없게도 부럽수다……."

"예……." 나는 저도 모르게 순이 앞에 성직의 목탁을 꺼냈다. 그리고 두드리며 읊었다.

배꽃 천만조각이 빈집으로 찾아 드네
목동의 피리 소리 앞산을 지나가건만
사람도 소도 보이지 않네
사람도 소도 보이지 않네

"어머니, 세상에 나서 부처님의 자식은 무엇을 해야

합니까." 무관은 변상궁에게 자꾸 물었다.

"누구보다 더욱 마음을 닦아야지요, 아드님."

"그렇다면 어머니, 닦아야 하는 마음은 어디에 있나요."

"그 마음들이 잔뜩 모여 사는 산방산 아래 세상은 고
통스러워 버리고 싶어 하는 이, 떠나고 싶어 하는 이가
너무 많아요, 아드님."

"그렇다면 어머니, 산을 내려가 고통스럽다는 그곳에
서 길을 잃어버리는 게 우선이라는 생각이 듭니다
만……" 그럴 때마다 무관의 어머니는 행여 큰스님 들
으실라, 쉬쉬 하였다.

무관은 그렇게 출가를 미루고 또 미루었고, 군자 누
야를 기다리며 사계리를 드나들었다. 모습만 삭발머리
였을 뿐, 열여덟 살이 되도록 행자로 살았다. 겨울 날
같이 시린 어느 가을 날 오후에 낯선 아이 하나가 산방
사에 들었다. 이웃나라에 속해있는 조그만 섬으로 좀
다녀와야겠다고 제주도 산방산을 나섰던 큰스님이, 어
느 길에선가 소년 하나를 데리고 돌아왔다.

돌아오자마자 큰스님은 무관의 방문을 열고 다짜고
짜 일렀다.

"무관, 오늘부터 이 아이와 함께 지내어라. 내가 '성

직'이라 이름 지어 주었다. 너보다 서너 살 어릴 테니
아우처럼 돌보아라."

"예."

대답은 했지만 사람보다 불상을 더 많이 보며 자란
무관에게 낯선 아이와의 동거란 달갑기는커녕 막막했
다. 그는 한숨을 쉬며 성직이라는 아이에게 물었다.
"너는 어디서 왔냐?"

그러나 소년은 산방산을 등에 지고 바다 있는 쪽을
흘깃 한 번 쳐다보았을 뿐 뭐라고 대답하지 않았다.

약이 좀 오른 무관이 답답하다는 듯 다시 물었다. "그
러니까 동쪽에서 온 거야? 아니면 서쪽에서?"

"형님, 해와 달에게 동서가 무슨 분별이 있습니까."
그때서야 소년이 공손히 그러나 또박또박 그에게로 대
꾸했다. 무관은 별안간 등허리가 서늘해지는 것을 느꼈
다. 이것 봐라, 바깥에서 들어온 맑은 바람이 사람을 얼
리네. 그러나 동시에, 무관의 마음 깊숙이 제보다 어린
소년 하나가 들어와 박혀버렸다.

그래서 이번엔 좀 따뜻한 목소리로 말했다. "산방사
행자 생활이 억척 마당쇠의 것과 같단다. 이제 곧 겨울
인데, 괜찮겠니?"

"이대로 드러누워 바람이 될래요, 나무가 될래요, 산이 될래요." 그렇게 웅얼거리며 무관의 방바닥에 큰대자로 누워버린 소년 성직은 고단했던지 이내 잠들었다. 낯선 소년이 가늘게 코고는 소리를 들으면서, 무관은 사계리의 군자 누야가 불현 떠나버린 이후 처음으로 외롭지 않다는 생각을 했다. 문밖이야 까옥까옥 까마귀 우짖는 소리 요란한 해질 무렵이었지만, 그의 귀에 울리는 것은 새 아침을 알리는 까치소리였다.

제 편백나무 목침을 성직의 머리 밑에 끼워 넣으면서 무관은 생각했다. 날이 밝으면 오동나무를 베러 가야겠다, 여름에는 시원하고 겨울에는 따뜻한 목침으로 만들어줄 테다. 내가 형이니까.

그러나 맑은 바람 같은 사람에게 무관이 형 노릇 하기란 쉽지 않았다. 성직은 새벽부터 계곡에서 걸레를 빨아 와서 산방사 구석구석을 윤기 번지르르하도록 닦았고, 흐르는 샘가에서 찻잔을 씻은 후에 약수 한 동이까지 떠다가 아침마다 찻물을 끓였다. 또 밤이면 깨끗이 씻은 하얀 고무신들을 댓돌 위에 가지런히 올려놓고 두루마기 적삼마다 옷 선을 따라 정성껏 다렸다. 큰스님은 물론 무관의 어머니를 비롯한 산방산 사람들이 맑

173

은 바람의 정성에 감탄했다.

부지런한 성직 덕분에 무관에게는 시시각각 불호령
이 떨어졌다. 그가 큰스님 눈을 피해 독서하는 신문, 월
간지, 만화, 소설책들은 마당에 내던져지거나 불태워졌
다. 전부 사계리로 다니며 어렵사리 손에 넣은 것들이
었다. 그리고 그런 날 밤엔 어김없이 삼천배로 참회해
야만 했다.

"그러나 연화 스님, 나는 성직을 미워할 수 없었소이
다. 어느 봄날에 아침공양을 마치고 우리 둘이 산방사
마당을 같이 쓸었어요. 전날 몹시 바람이 불어 연분홍
벚꽃 잎이 마당 가득 피어 있었죠. 벚꽃 밭이 하도 고와,
나는 비질을 하며 저절로 노래가 터졌던 것 같습니다.

날 좀 보소, 날 좀 보소, 날 좀 보소. 그런데 성직이
빗자루를 멀리 던져버리더군요. 내가 놀래 우두커니 섰
는데, 그 사람 성직이 나한테 그랬소. 이 고운 살결 같
이 예쁜 꽃잎을 어찌 다 쓸어버리느냐고요, 형!

하하, 덕분에 그날은 큰스님께 둘이 같이 혼이 났다
오. 마당에 벚꽃 떨어지듯 구슬땀을 흘리면서 둘이 같
이 삼천 배를 했지요. 그 사람 성직이 내내 쓰시마에 있
는 사쿠라 같은 마쓰에를 떠올렸다는 것을 알게 된 건

한참이나 뒤였다오. 우리 둘이는 그날 저녁에 옥수수가 익어가는 아궁이 앞에서 손가락을 걸었소, 멀리 떨어져 있어도 마음의 그림자처럼 함께 할 수 있는 그런 사이 가 되자고. 아버지는 성직과 형제처럼 지내라고 하셨지 만, 나는 성직만한 도반道伴을 다시 만날 수 없을 거요, 연화 스님. 듣고 있습니까?"

"예, 듣고 있습니다. 마쓰에만큼 또 정혜만큼 성직을 그리워하는 사람이 세상에 또 있습니다." 나는 그렇게 말하며 무관 앞에 두 손을 모았다. 그가 고개를 끄덕이 며 다시 말했다.

"그 사람 성직이 곁에 있어주었어요. 오늘처럼 혼자 라고 생각 드는 때마다 그가 나를 바라보고 있었다오. 지금은 이승과 저승으로 너무 멀리 떨어져 서로 다른 모습으로 지내고 있지만 여전히 함께 있음이나 다름없 어요. 내 언제나 이 마음 안에 성직이라는 도반을 품고 있으니 우리는 언제나 함께이외다……."

이른 바람에 만행 떠나듯 가버린 성직, 올해는 스님 들이 많이도 떠나는데 언젠가 우리 차례도 올 것이다. 너 나 할 것 없이 죽음도 하나의 생명현상이니까 겸허히 받아들일 수 있어야 할 것인데, 살아있는 자의 오만한 마음으로 그것을 두울 셋 혹은 여러 지옥감옥으로 짓고 있다. 문득 바깥에서부터 피바람 몰아치던 날에 더 고프고 더 아픈 사람들을 찾아 만행 길 떠나버린 성직, 걸망 안에 다른 섬의 임 향한 그리움이 가득했고 내딛는 발걸음마다 다른 섬에 있는 임의 얼굴 그렸지.

네가 앞장서 걸었던 그 약초 향내 짙은 길을 걸어 가다보면 내 안으로 사무치는 깨달음 있어, 돌덩이처럼 굳어 있던 이것과 저것의 의식은 날아가버린다. 바람과 물, 하늘과 땅, 우주가 나의 집이라는 생각에 그저 마음이 활짝 열리지.

섬에서 섬으로 다리를 놓았던 설문대 할망이 부럽지 않다 했던 성직, 내 혈육 같은 도반이여! 바람 부는 길 위에 너는 왜 홀로 서있냐고 누가 내게 물어오거든, 길은 아무 데도 없다 네 마음속에 있을 뿐이다. 너의 침묵을 형이 대신 사람의 말로 전해주겠다.

그렇게 제 글 공책에 새긴 「성직편」의 일부를 한참 더듬다가 무관은 죽비세례에 젖은 몸을 짐승처럼 털었다. 그리고 도반이었던 성직에게 하소연하듯 내게 호소

했다.

"연화 스님, 내 얼굴을 잘 좀 들여다보소. 붉은 단청이 잘 되어있지요? 모주(술)에 질긴 나물(고기) 한 접시 했더니 세상이 온통 만만해 뵈네요, 껄껄. 나는 그만 산방산에서 내려가 저 사계리에 한 마리 소가 되고 싶소이다. 몸의 출가가 아니라, 세상에 사연 많고 가슴 아픈 사람들을 따뜻이 보듬을 수 있는 구세대비의 원력을 가진 마음 출가를 이룩하고 싶다오. 연화 스님, 내 말 듣고 있습니까?"

"예, 잘 듣고 있습니다. 아무리 경전을 많이 외울지라도 이를 실천하지 않는 방종한 사람은 남의 소만 세고 있는 목자일 뿐 참된 수행자의 대열에 들 수 없다 했습니다. 경전을 조금밖에 외울 수 없더라도 진리대로 실천하고 탐욕과 분노와 어리석음에서 벗어나 바른 지혜와 해탈을 얻고 이 세상과 저승에 매이지 않는 이는 진실한 수행자의 대열에 들 수 있다고 했습니다. 수행이 어찌 출가의 삶에서만 가능하다 하겠습니까. 출가를 했다 하더라도 수행을 게을리 한다면 하늘과 세상 두 곳에 다 몹쓸 업을 짓게 되지 않겠습니까."

나는 오라비 같은 무관의 뜻을 이해하며 번번이 그를

177

위로했다. 그렇게 산방사 행자로 살다가 힘겹게 속세를 다녀올 때마다 무관은 세상에서 만났던 사람들과 그네들의 사연을 메모했다. 그것들을 이야기로 엮어 내게 들려주면서 그는 덧붙였다.

"그네들의 애달픈 삶이 그냥 허공에 흩어지는 것이 견딜 수 없어, 이래 글로라도 새겨 간직한다오."

무관의 고향은 제주도 산방산 산방사의 행랑채일 것 같지만 꼭 그렇지만은 않았다. 사계리를 포함한 이 세상 어느 곳이라도 마음 닿는 곳이 바로 그의 고향 같았다. 무관이 옆구리에 늘 끼고 다니는 두껍고 낡은 공책의 맨 앞장에는 이렇게 적혀 있었다.

수처작주隨處作主 입처개진立處皆眞. 그렇다! 이르는 곳곳마다 주인이 되라, 그리하면 서있는 모든 곳이 진리이다.

10

나는 세상의 고통과 이별하지 않는 사람이다

가을걷이가 막 시작되는 무렵, 변상궁은 기력이 쇠해 날마다 누워 지냈다. 그러다 거짓말처럼 일어난 어느 날이 있었다. 그녀는 하루 종일 모주에 한약재를 넣어 달이며 어머니술을 만들었다. 무관이 크게 걱정하여 아무리 말려도 듣지 않더니, 밤이 깊어서야 그녀는 다시 제 자리에 누웠다. 그리고 무관을 불러 앉혔다.

"아드님……."

"예, 어머니."

"꿈속에서 본 그 길을 찾아 장안의 술집에서 날마다

나무소를 탑니까……."

"잘못했습니다. 죄송합니다. 어머니." 무관이 흐느끼기 시작했다.

그러나 변상궁은 그의 손을 잡고 이어 말했다. "나무소는 변해 봄바람이 되어 꽃망울을 터뜨리고 버들잎을 안개처럼 토해낼 것입니다……." 그녀는 마지막 힘을 다해 또박또박 더 말했다. "내가 눈을 감으면 즉시 화장해서 그 재를 바다에 흘러보내고 어떤 흔적도 남기지 말아주오. 바다는 가장 낮은 곳에 임해 스스로 고향이 되었지요. 덕분에 곳곳이 다 돌아갈 수 있는 길이어요."

"예, 어머니… 예, 어머니…."

무관이 밤새 손을 붙잡고 있었지만, 변상궁은 돌아가는 길로 조용히 떠나갔다. 그녀의 영결식은 산방사 산신각 뒤편 공터에서 치러졌다. 자주 산양山羊이 내려와 변상궁이 챙겨주는 진달래와 도토리를 먹으며 놀다 가던 자리였다.

내가 다가가면 변상궁이 목소리를 낮춰 말했다. "아기씨, 좀 봐요. 참으로 늠름하고 예쁘지요. 이 산양은 목장에서 방목放牧하는 양떼들과는 생존습성도 달라요. 추위에 아주 강하고 위태로워 보이는 비탈이나 바위 혹

180

은 절벽 끝에서도 균형을 잘 잡아서 평화로울 수 있답니다. 가족인양 몇 마리씩 무리를 지어 한 곳에 머물러 살지요. 저 산양의 울음소리는 대체로 낮고 온순하나 부상을 당하거나 위험이 닥치면 찢어지는 듯한 소리를 내기도 해요. 하지만 천적한테 쫓길 때를 제외하면 자기 영역을 잘 지키며 조용히 살아가는 동물이 바로 우리나라 산양이랍니다. 연화 스님, 그 수가 자꾸 줄어가는 산양을 어여삐 여기고 살펴주어요……."

아침부터 하늘에 구름이 어둡게 깔리기 시작했다. 변상궁의 영결식이 시작되는 저녁 무렵엔 한 줄기 소나비라도 쏟아질 듯했다. 급기야 굵은 빗방울을 맞으며 다비장으로 올라야 했다. 길은 금세 질퍽해졌고, 후두둑 떨어지는 빗줄기 속에서 변상궁의 다비는 시작되었다. 무관이 직접 기름을 붓고 불을 붙였다. 불길은 무녀의 춤인 양 살아서 날뛰며 장작더미를 휘감아 돌더니 서서히 그녀를 태워갔다.

온통 하늘을 덮은 뿌연 연기가 차츰 맑아질 무렵에 빗줄기는 점점 더 굵어졌다. 영결식을 지켜보던 스님들이 하나둘씩 다비장을 내려가기 시작했고, 변상궁의 육

신은 외롭게 타들어가야 했다. 빗줄기 때문에 화력이
약해진 탓인지 무관이 울상을 한 채 장작더미에 연신
기름을 뿌려댔다.

부모 같은 조국을 잃었고 지아비 같은 왕도 잃었고
자식 같은 옹주까지 잃었수다. 그리고 나니 내 더 잃을
것이 없습니다. 그랬던 변상궁에겐 육신을 활활 태울
연緣마저 주어지지 않은 걸까. 큰스님과 무관 그리고
나만 남아서 합장하고 염불을 외는 동안에도 빗줄기는
끈덕지고 야속하게 이어졌다.

날 때에는 어느 곳으로부터 왔으며 이제 어느 곳으로 향
하여 가는가.
삶과 죽음은 한조각 구름이 일었다 사라지는 것과 같은 것
뜬구름은 본디 실체가 없는데 오고 감이 없는 뚜렷한 한
물건은 무엇인고.

"어머니, 어머니!" 변상궁을 찾으며 급기야 무관의
오열이 터져 나왔다. 그러나 그의 곁에서 큰스님이 무
거운 목소리로 말했다.
"이제 육체는 흙, 물, 불, 바람으로 흩어져 가 버리고

없다. 이렇게 빈 공간만이 남는 이 자리에 누구의 실체를 찾을 수 있겠는가. 몸과 마음이여, 다시는 생사에 얽매이지 말라."

그렇다……. 죽음이란 육체를 구성하는 흙과 물 그리고 불과 바람, 이 네 가지 요인을 어쩔 수 없이 다 버리는 것이었다. 빗속이었지만, 나는 변상궁이 반평생 치성 드렸던 산방사 산신각 주변을 한 바퀴 돌면서 기도했다. 망망대해 같은 목숨의 바다를 평탄히 건너시어 다시는 고해로 들지 마소서.

소치는 사람이 채찍으로 소를 몰아 목장으로 돌아가듯 늙음과 죽음도 또한 그러하네. 사람의 목숨을 끊임없이 몰고 가네. 무엇을 웃고 무엇을 기뻐하랴. 세상은 끝이 없이 타고 있는데 그대들은 어둠 속에 덮여 있구나. 그런데도 어찌하여 등불을 찾지 않는가.

어둠이 걷히며 산방사에 다시 새벽이 들자 무관은 바랑을 가져다가 열었다. 그리고 어머니술이 들어있는 병들을 전부 속에 담았다. 변상궁이 죽기 직전에 거짓말처럼 일어나 종일 달여 낸 약과 같은 것이었다.

"그것들을 왜 전부 바랑에 담습니까." 내가 물었다.

무관이 돌아보더니 희미하게 웃으며 대답했다. "어머니가 아무 흔적도 남기지 말라 했소이다. 내 속세로 가져가서 이 마지막 어머니술을 아낌없이 사람들과 나누려 하오."

무관이 챙기는 바랑 속에는 그가 늘 옆구리에 끼고 다니는 두꺼운 공책도 들어있었다.

"그렇다 해도 새벽 댓바람부터 보따리를 싸서 산방사를 나서려 합니까." 나는 아무래도 무관이 눈앞에서 사라질 것만 같아 짐짓 나무라듯 그리 말했다.

"연화 스님, 내 심히 어리석어 날마다 장안의 술집에서 나무소를 탑니다만 나무소는 변해 봄바람이 되어 꽃망울을 터뜨리고 버들잎을 안개처럼 토해낼 것이라고 어머니가 말씀했소이다."

"예. 해서 지금 산방사를 나서시면 언제쯤 돌아오실 겁니까."

"꿈속에서 본 그 길을 이제 내가 '붕'이 되어 찾아 나서려 하오. 어둡고 끝이 보이지 않는 북쪽 바다에 곤이라는 큰 물고기가 있었는데 얼마나 큰지 몇 천리나 되는지 모를 정도라 했소. 이 물고기가 변해서 붕이 되었

으니 날개 길이도 몇 천리인지 모르오. 한 번 날면 하늘
을 뒤덮은 구름과 같고, 날갯짓을 삼천리를 하고 구만
리를 올라가서 여섯 달을 날고 나서야 비로소 한 번 쉰
다 하오. 어머니 말씀처럼 곳곳이 다 돌아가는 길이거
나 돌아오는 길이니까 쓸데없이 나를 기다리지는 말아
요, 연화 스님." 그리고 무관은 바랑을 챙겨 메고 내게
로 합장했다.

　산방산을 휘적휘적 걸어 내려가는 외로운 산 그림자
같은 무관의 모습이 완전히 사라질 때까지 서있다가 나
는 중얼거렸다. "왜 내게는 기다리지 말라 합니까. 무
관 행자님은 아직도 군자 누야를 기다리니까 날마다 마
음 밭으로 그 여인이 돌아오지 않습니까, 순이는 지금
도 무관 행자님을 기다리니까 오늘도 행자님의 발걸음
이 사계리로 향하지 않습니까. 그저 서로 다 인연이라
기다릴 수밖에 없는 소중한 사람들입니다. 없는 인연이
란 세상에 존재할 수 없는 겁니다. 그러니까 나도 기다
리겠습니다. 헌데……, 이 세상에서 기다릴 수 없는 사
람을 기다리고 싶을 땐 또 어떻게 해야 합니까. 그런 사
람이 자꾸 떠오를 때마다 아아……, 나는 마음에 환한
등불 하나 켜들고 살아갑니다."

오래 전, 다른 섬에 있어도 서로 같은 섬을 꿈꿨던 소년과 소녀가 있었다. 그 둘이 함께 밝혔던 환한 등불도 있었다. 우리 열두 살 적이었다. 슈젠지에서 소녀가 소년을 향해 속삭였다. 이것은 오봉절에 조상신을 마중하는 등불이야, 돌아가신 큰할아버지가 너를 보러 오실 수 있게 아주 환히 밝히자. 그래! 소년이 고개를 끄덕이더니 이를 죄다 드러내며 환한 표정을 지었었다. 우리는 약속이라도 한 듯 손을 잡고 정원의 녹나무를 향해 걸었었고 소년의 등을 타고 올라 소녀는 녹나무 가지에 연등을 달았었다. 그때 섬은 통째로 은은한 화성 같았다, 아니 그때 섬은 인연 있는 사람들이 저마다 기원을 모아 밝힌 커다란 연등 같았었다.

무관이 산방사를 떠난 날은 빗방울까지 흩날려 한없이 어두워지는 아침이었다. 나는 연등을 밝혀 산방사 마당에 서있는 벚나무 가지 높이 매달았다. 그리고 성직과 무관이 함께 꽃잎을 쓸었던 마당에 서서 홀로 비에 젖었다.

도반이여 돌아와서 보라.

발밑에 옛길은 분명하거니와 스스로 그것을 모르고 이

곳저곳 헤매었네.

천지창조 이전으로 훌쩍 뛰어넘으니 뿔 부러진 진흙소
가 눈길을 달리네.

나는 빗물이 스미는 대로 흙빛이 짙어지는 땅바닥을
내려다보며 한참을 서있다가, 마치 비를 피하듯 뭍으로
가는 배에 올라탔다. 나날이 쇠약해져 가는 어머니 생
각이 저절로 솟구치는 날이었다. 그 내 마음을 싣고 배
가 종일 망망대해를 내달렸다. 다시 밤기차로 갈아타고
다음날이 되어서야 창덕궁 낙선재에 들었을 때, 어머니
덕혜 옹주는 홀로 방에 누워있었다.

"꼭두각시로 왔다가 환인의 고향을 찾아 가네, 칠십
여 년 동안 광대짓으로 온갖 영욕 다 겪다가 꼭두각시
탈을 벗고 맑고 푸른 곳으로 올라가려하네.[5]" 그렇게
반복하며 한참 웅얼거리다가 그녀가 나를 부르며 뜬금
없이 물었다.

"스님, 이리 곱고 여린 사람으로 나서 어떻게 하필이
면 스님이 되었습니까." 그렇게 묻는 어머니의 얼굴이

---

5) 배불정책에 요승으로 낙인 찍혀 제주도로 유배되었던 허응당 보우 스님의 선
시 「인생은 광대놀이」.

말갰다. 그녀의 세수도 못한 얼굴을 백련인 양 들여다 보는 내 심정도 말개졌다. 뭐라 대답하지 못한 채 곁에 묵묵히 앉아있기만 했다.

"아, 그저 연화 스님도 이 늙은이 만치 외로워 보여서 드리는 말씀입니다."

"예에……." 나도 외로웠었다. 어떤 나라와 다른 나라 사이에 있는 조그만 섬의 마쓰에와 정혜는 어느 편 사람들에게든 이방인이었기에 외로웠고, 보아도 보이지 않고 잡아도 잡히지 않아 푸른 연기 같은 어머니가 아득하여 더 외로웠다. 지금도 여전히 나는 외로운가, 외로움이야 바깥이 주는 것이라 차라리 나는 연화의 고독을 선택했다. 세상에 등불을 켜기 위해 빛을 모으려 외로울 틈 없이 고독하다, 그래 연화는 이 순간도 외롭지 않고 기꺼이 고독할 뿐이다.

어머니의 눈동자는 점차 초점을 잃어갔지만 정신은 지극히 맑아져, 기억의 문을 벙어리 말문 트이듯 열어 보이기 시작했다.

"스님, 나한테 예쁜 딸이 하나 있었습니다. 쓰시마 섬에 날 때부터 마쓰에와 정혜라고, 이름을 두 개나 갖고 태어난 불행한 아이였습니다. 나라말이 서로 다른 두 개의 이름 때문에 그 아이의 삶이라는 수레가 평생 삐걱거리며 가야 하는 건 아닐까……, 생각하면 어미인 내 가슴이 미어졌습니다. 나는 늘 아픈 과거 속에 살았기에 내 모습을 꼭 닮은 딸아이가 점점 커가는 모습 자체가 공포였습니다. 내가 늙어 죽기 전에 돌아와야 하는 여기만 생각하느라, 젊어 살아있는 내가 바로 거기 존재하고 있단 걸 몰랐던 겁니다. 어쩌면 알아도 모르는 체 하며 내 과거만 붙들고 산 건지도 모릅니다."

　힘없는 목소리였지만 또렷이 이야기하는 어머니를 지켜보다가, 나는 아무 대꾸 없이 탁자 위에 놓여있는 그녀의 물 잔으로 시선을 돌렸다. 난초가 그려진 저 하얀 도자기에 담긴 찬물 한 잔을 창덕궁 낙선재에서 최초로 들이켰던 날, 어머니의 오랜 갈증은 비로소 가셨을 테다. 쓰시마에 사는 동안 덕혜 옹주는 목이 타도 마음 놓고 물을 마시지 않았다. 원수의 나라 사람들이 행여 그 물에 독이라도 타 넣었을지 모른다며 날마다 괴로워했다. 마침내 벌집 같은 병실로 격리되기 직전엔 어린 딸이 권하는 물 잔도 덕혜 옹주는 거부했다.

　억지로 권하기라도 하면 물 잔은 번번이 박살이 났다. 우리나라 마지막 왕에게처럼 내게도 독물을 먹이려는 게야? 허옇게 타들어가는 입술로 그렇게 외치는 내 어머니 덕혜 옹주 눈에 비친 나는, 그 순간만큼은 자신의 사랑스런 딸이 아니라 이 갈리는 원수의 딸이었을지 몰랐다. 다케유키 백작은 깨진 물 잔 조각을 밟아 피가 배어나는 어린 딸의 맨발을 붕대로 감아준 뒤 서둘러서 아내를 가두듯 입원시켜버렸다.

"아아 연화 스님, 왜 몰랐을까요. 그 아이 정혜는 내가 쯔시마에서나마 책임질 수 있는 조국이며 가족이며 나 자신이었습니다. 내가 백골 같이 낡아버린 정신을 겨우 챙기고 보니, 해골 같은 꼬락서니로 몸은 이미 여기에 누워있어요. 낙선재에서 지내는 동안 딸아이를 기억해 내고 수소문했지만 아비인 다케유키 백작은 소식이 닿지 않았고 그 아이 정혜는 유서 한 장 남긴 채 행방불명 되어버렸다고 합니다." 그녀는 숨 가쁜 듯 마른 침을 연신 삼키면서도 또 더 말했다.

"모두 내 딸이 죽었다고들 하지만 그 소리를 나는 믿지 않아요. 사람의 목숨이 그리 허망할 순 없습니다. 이날 이때까지 죽지 못해 나도 살았지 않습니까. 지금쯤 어느 하늘 아래 어느 땅에서 어미를 원망하며 살아가고 있을지…… 아아 스님, 연화 스님! 생사를 알 길 없는 내 딸아이를 위해 기도해 주세요."

나는 하마터면 그녀를 향해 어머니 딸 정혜가 여기 있습니다, 하고 외칠 것만 같아 다급히 대꾸했다. "옹주님, 창을 열어도 아직 바람이 차지 않습니다. 자, 보십시오. 열린 창을 통해 가을이 송두리째 실내로 쏟아집니다. 한 가지에 난 나뭇잎들이지만 저마다 햇빛 드는 대로 빗물 나누는 대로, 자세히 보면 그 모습이 조금씩 다릅니다. 마음의 짐을 모두 내려놓고 그저 눈앞에 저 만추의 경치를 즐기소서. 그리하여 덕혜 옹주님, 마침내 부처로 열반하셔야지요."

그리고 나는 잠시 망설이다 그녀에게 이렇게 덧붙였다. "덕혜 옹주님의 어여쁜 딸 정혜와의 과거와 미래는 이미 바로 여기 이 순간에 다 있습니다." 그렇다. 시간이란 참으로 오묘하다. 지나간 시간을 과거라 하고 오지 않은 시간을 미래라 부른다. 하지만 우주의 모든 존재는 과거나 미래를 경험할 수 없다. 우리는 오직 현재만을 살고 있는 것이다. 이 찰나가 연속적으로 이어져 무한한 시간 또 영원한 시간을 이루는 것이다.

어머니가 초점 없는 시선이나마 내 쪽으로 두었다. 그리고 활짝 핀 백련 같이 미소 지었다. 그녀는 뭐라 더 말을 하고 싶은지 타들어가는 입술을 달싹이다 멈추길 숨 쉬듯 반복했다. 진작 말라버린 줄 알았던 내 눈물샘에서 뜨거운 물이 솟구치기 시작했다. 그 물을 닦아주기라도 하려는 양 두 손으로 허공을 저으며 그녀는 크게 고개를 끄덕였다. 그러나 이내 두 손과 고개를 힘없이 떨구며 내 어머니 덕혜 옹주는 눈을 감았다.

태어날 때 혼자서 온다, 죽을 때도 혼자서 간다. 괴로움도 혼자서 받는다, 윤회의 길도 혼자서 간다. 사람에게는 어쩔 수 없이 혼자 감내해야 하는 이 고독함들이 있지 않은가…….

나는 식어가는 그녀의 바른 손을 찾아 잡았다. 쓰시마에서 어린 정혜의 머리를 쓸어주었던 손이고 하치만구 신사 청마의 가슴을 쓸던 손이다. 나는 그 손을 펴고, 연화가 되어서도 늘 가슴에 품고 다녔던 내 어머니 덕혜 옹주의 비취노리개를 꺼내 쥐어주었다.

약속했던 대로 어제의 추억을 잃어버리지 않았을 뿐만 아니라 내일의 어머니를 놓지 않았습니다. 아버지와 어머니의 딸 마쓰에와 정혜는 이것을 품고 다니며 이승에 나타난 저승 같은 삶을 다 살아내고 있습니다. 삶과 죽음이 별반 다르지 않더군요, 어머니. 비로소 주인이

신 덕혜 아기씨께로 이 비취노리개를 비구니 연화가 돌려드립니다. 이것은 인간 덕혜 옹주의 죽음 속에 영영 남아있는 삶의 순간이니까요. 그리고 세상의 딸 연화는 또 오늘을 살아가겠습니다.

일심암 정남은 극락세계라 나무아미타불 천지지시 분한 후에 삼남화성 일어나서

세상천지 만물 중에 사람에서 또 있는가 이보시오 시주님네 이 내 말씀 들어보오

이 세상 나온 사람 뉘 덕으로 나왔었나 불보살님 은덕으로 아버님 전 뼈를 타고

어머님 전 살을 타고 칠성님께 명을 빌어 제석님께 복을 타고 석가여래 제도하사

인생일신 탄생하니 한두 살에 철을 몰라 부모은공 아올소냐 이삼십을 당하여는

애윽하고 고생살이 부모은공 갚을소냐 절통하고 애달플사 부모은덕 못다 갚아

무정세월 약유파라 원수백발 달려드니 인간 칠십 고래희라 없던 망녕 절로 난다

망령들어 변할소냐 이팔청춘 소년들아 늙은이 망령 웃

지 마라 눈 어둡고 귀 먹으니

　망령이라 흉을 보고 구석구석 웃는 모양 절통하고 애달
픈들 할 일 없고 할 일 없다

　홍두백발 늙었으니 다시 젊듯 못 하리라

　덕혜 옹주의 백 일 천도재를 마치고, 나는 바랑을 꾸
렸다. 그래봤자 성직의 목탁과 그의 낡은 시집 같은 공
책, 그리고 탁발 하나와 여벌옷 한 벌이 전부였다. 항시
품고 다녔던 비취노리개를 찾아 습관적으로 가슴팍을
더듬다가 잠시 마음이 공허했다.

　푸른 기와지붕 아래서 어린 공주가 내게 건네준 손뜨
개 모자를 삭발머리에 챙겨 쓰고, 나는 몸을 일으켰다.
마쓰에이거나 혹은 정혜 같은 소녀 하나가 산방사 바깥
까지 동동 거리며 쫓아 나왔다.

　스님, 날이 찹니다. 혼자 어디로 가시려 합니까.

　나는 돌아보지 않고 대답했다. 섬에 나서 섬으로 살
아왔습니다. 다시 어딜 가든 섬이지 않겠습니까.

　꽃이 다 지고 없는 약초 길을 걸을 때, 또 누군가의
목소리가 내 목덜미에 서늘하게 와 닿았다. 그렇다면,
나는 누구입니까.

그것은 성직의 목소리 같기도 했고 무관의 것 같기도 했으며 큰스님의 목소리이거나 겐쇼 스님의 것 같기도 했다. 세상에 나서 내가 인연해온 누구의 목소리인지 도저 분간할 수 없었다.

나는 누구입니까.

마침내 사계리로 들어서며 조용히 내가 답했다.

나는, 나는 연화입니다.

이르는 곳마다 주인 되고자 끝끝내 세상의 고통과 이별하지 않는 사람입니다.

이 이야기는 내가 했으니까 내 이야기이다.

이야기는 이렇게 끝나는 듯하지만, 모두 거짓말이었다며 달아나는 봄 같지 않다.

두어라,

보이는 곳 마음 닿는 곳마다 한 송이 피우고 두 송이 피는 꽃이다.

옮기는 손 그 손가락 사이에 빛나는 반딧불이다.

연화蓮花가 찾아가는 길은 세상에 이름을 드러내거나 무엇인가를 얻을 수 있다고 믿는 길이 아니다. 오히려 그러고자 하는 사람의 존재가 사라지는 길을 걸어가고 있다. 그 길 도처에 스치우는 아름다운 찰나가 그리워, 연화는 인연 따라 그토록 나타나는 중이다. ⚘

*소설 『사람꽃 연화』는 저자가 선승들의 선시를 인용 하고 연구하며 불립문자不立文字와 반상합도反常合道의 깨달음을 구하는 과정에서 창작되었음을 밝힙니다.

| 발문 | **황충상** _소설가

사람꽃 연화

사람꽃 밭에서
여자꽃 남자꽃이
네 눈으로 웃는다

연화, 웃음의 통시성을 지나온 여자
어머니의 살
아버지의 뼈

부처의 미소로
피어나는 사람꽃

연화가 사람꽃을 들어 보였다
부처가 웃었다, 아니
사람들이 미소 지었다

사람꽃 연화

1쇄 발행일 ┃ 2015년 08월 20일

지은이 ┃ 이보라
펴낸이 ┃ 윤영수
펴낸곳 ┃ 문학나무

출판등록 ┃ 제312-2011-000064호 1991. 1. 5.
편집실 ┃ 110-809 서울시 종로구 동숭4나길 28-1 예일하우스 301호
이메일 ┃ mhnmoo@hanmail.net
영업마케팅 ┃ 120-800 서울 서대문구 남가좌동 5-5 지하1층
전화 ┃ 02-302-1250, 팩스 ┃ 02-302-1251
이메일 ┃ mhnmu@naver.com
ⓒ 이보라, 2015

값 12,000원
ISBN 979-11-5629-026-1 03810